中国短经典

飞翔故事集

李浩————著

人民文学出版社

图书在版编目（CIP）数据

飞翔故事集/李浩著. —北京：人民文学出版社，
2021
（中国短经典）
ISBN 978-7-02-016922-1

Ⅰ.①飞… Ⅱ.①李… Ⅲ.①短篇小说-小说集-中
国-当代 Ⅳ.①I247.7

中国版本图书馆 CIP 数据核字（2021）第 005839 号

责任编辑　卜艳冰　何炜宏　邰莉莉
封面设计　李苗苗

出版发行　人民文学出版社
社　　址　北京市朝内大街 166 号
邮　　编　100705

印　　刷　上海盛通时代印刷有限公司
经　　销　全国新华书店等

字　　数　109 千字
开　　本　889 毫米×1194 毫米　1/32
印　　张　6.625
版　　次　2021 年 10 月北京第 1 版
印　　次　2021 年 10 月第 1 次印刷

书　　号　978-7-02-016922-1
定　　价　48.00 元

如有印装质量问题，请与本社图书销售中心调换。电话:010－65233595

强大的虚构产生真实。

———豪尔赫·路易斯·博尔赫斯

如果没有虚构，我们将很难意识到能够让生活得以维持的自由的重要性。

———马里奥·巴尔加斯·略萨

目录

第一个飞翔故事

一个人，在一个令人不安的睡梦里梦见自己变成了一只鸟。

他拥有了鸟的羽毛、喙和爪子，总之一切都是鸟才有的，重要的是他也拥有了鸟的飞翔。他发现自己在慢慢飞起，飞到天上。

这也是鸟才有的。

需要声明的是那是一个令人不安的梦，因此，在梦里的飞翔也是急促与慌张的，他不断地调整和躲闪，但不知道究竟要躲闪的是什么——他变成的这只鸟一直试图躲进乌云的阴影里去，同时又在惧怕被阴影完全地盖住。

在空中他变得兴奋，但他的兴奋也就是小小地冒了一下头便被淹没在忐忑里面。那是一个令人不安的梦，一直都是。

飞着，飞着，就在他以为可以长出口气的时候，突然感觉自己的翅膀越来越麻木，越来越沉重，他的头也是，接下来是尾巴和爪子——透过视线，他发现自己翅膀的顶端已经变成了石头，它还在扩展，他的身体正在越来越多地变成石头。

他想移动自己的翅膀，把那些"石头"甩到下面去，阻止住它的扩展，但这样的动作完全是无效的，他不能阻止。他的喙也在变成石头，他能够感觉得到，他感觉自己的舌头在变厚，变硬，变成一种他不能控制的东西——不！

他大喊，并且从那个加速坠落的睡梦中醒来：真实的处境是，他被绑在一张床上。石室里，他身边的一切都是阴冷的、潮湿的，包括那个过来看了他两眼的狱卒。在他头顶的一侧，积累的水滴一滴一滴缓缓落下，侧一下头他便可以看见已经升高了些的钟乳。他计算，这应当是他被囚禁起来的第十二个早上，不过被囚禁的时间是不同的，他大脑里的那个时钟正在慢慢失灵。

刚刚到来的囚禁生活，距离结束还有很远很远——他不愿意设想后面那些太过漫长的时间。

第二个飞翔故事

……从那个石室里走出来，狱卒有意在阳光下面待了一会儿，他要晒掉身上的寒气和渗在衣服和头发上的水分。只有在阳光下晒着的时候，他才感觉自己在复苏，自己，和那些被关在山洞里的犯人们是不同的。

午饭过后，这个微胖的狱卒坐在芭蕉树下，伸长了腿，脱掉靴子，让自己的下半身被阳光使劲儿地晒。阳光真的是好，他想，阳光真的是好。

想着想着他的头脑越来越重，里面一片混浊。好在这混浊虽然很厚但还是有缝隙的，于是他从缝隙之中挤过去，来到了石室之中。

"怎么又回到了这里？"他努力地想了一下但想不出什么，于是他把手伸向腰间，钥匙还在，发出哗哗哗的响声。哦，钥匙的声音让他略略有些安心，不过随即更大的不安就降临下来：他感觉自己站的地方摇晃着，水和呛人的灰尘被摇晃得簌簌下坠——"地震"！

并不是地震，而是比地震更可怕的：狱卒在经历一阵慌乱之后才明白究竟发生了什么。原来，这间狭窄的石室已经被一只鹰从地上拔起。它抓着不稳的石头房子，朝山崖上飞去。或许是因为高度的缘故狱卒感觉自己和关住了自己的石室就像一个小鸟笼的大小，或者更小一些。"放我下来！"狱卒向头上的鹰发出呼喊，可它无动于衷。

就在狱卒束手无策的时候，他的手上多出了一把铁钩，铁钩本来应是在审讯室而不会出现于牢房里的，然而狱卒并不多想，他把铁钩在手上晃动了两下，再次对鹰发出呼喊："放我下来！把我放下去！"

鹰，对他没有理会。

他从石室上面的缝隙里伸出手去。一铁钩，一铁钩。

鹰的肚皮被铁钩钩破，羽毛飞散，血滴飞散，一小段肠子也露出来，狱卒的铁钩钩住这段鹰肠狠狠地下拉，然后一钩一钩，成为碎段的肠子也飞散着落向了遥远的地面。狱卒踮着脚，用他的铁钩砍向鹰的翅膀，又是一阵羽毛飞散，血滴飞散，可这只鹰似乎感觉不到疼痛。它只是在飞，除此之外没有别的想法。

狱卒的铁钩伸向鹰爪。鹰爪很硬，铁钩砍过去就像是砍一根大树的树干，细屑一点点落下，狱卒感觉自己就是在砍一根木头。它越来越细。

　　一下，两下，三下。狱卒突然意识到这只抓着石室的鹰爪就要被铁钩给砍断了，而砍断它的后果则是——

　　等他意识到不能再去砍的时候已经晚了，他清晰地听到了断裂的声音，然后他和关闭住他的石头房子骤然地从高空坠下，那速度让他晕眩。

　　"啊……"

　　——你怎么睡在了这里？监狱长在路过的时候看到了满脸挂着惊恐的狱卒，皱了皱眉。他踢踢踏踏地走过去，并没有把狱卒叫醒。

第三个飞翔故事

他在追赶着一只鸟。那只鸟实在太漂亮了，而且飞得并不高。

第三个飞翔故事里面的"他"还是个孩子，很小，很瘦，只有两条善于奔跑的腿。是的，他很小很瘦，有些弱不禁风的样子，仿佛一阵风就能把他从地面上吹起。

真的是这样，一阵风从他背后吹过来，正在追赶着鸟的孩子被吹上了天空。

"妈妈"，他在天空中挣扎着，惊恐地喊着，竟然忘了自己没有母亲。

"妈妈"，他喊着，已经顾不上飞走的鸟——在路上骑车的人，在河边打草的人，在水里捕鱼的人以及正准备从桥上向桥下的水流跳进的孩子们，都目睹了这一幕。他们看着这个没有多少重量的孩子飞在天空——他飞翔的姿势实在难看，就像是遭遇了风的绑架一样。

"呵呵呵——"他们朝着他呼喊。

没有谁能阻止他，当然也没有人想过什么阻止。他们看着，停下了手里的一切动作，看着这个被风吹起的人，在空中挣扎着，挣扎着，叫着"妈妈"，从河流的这边吹到了河的那边。

在视线里，他一点点缩小，像一只小狗，像一只小兔，像一只鸟，像一枚鸡蛋，像一粒绿豆。

"呵呵呵……"当他消失了之后，骑车的人重新骑车离开，打草的人再次俯下了身子，捕鱼的人再次撒下了网，而嬉闹着的、赤条条的孩子们，则一排排地站在桥墩上，按照原来的顺序跳向河流。这一次，他们不自觉地，采取了更为扩展的飞翔姿势。

第四个飞翔故事

还是一个和梦有关的故事，一个人，反复地梦见自己站在悬崖的边上，在那里来回徘徊，试图跳下。在梦中这个悬崖极为清晰，就像真的，他能看到悬崖的底部，能看到缓慢行驶的车和线一样伸展的道路，看到树木和缩小的池塘。在梦中，他反复地和自己做着斗争，可不知道是哪一个自己战胜了。

他曾反复地梦见。

关于他的梦见他曾和自己的妻子说过，和自己的朋友说过，和自己的下属说过。他们用几乎一样的口吻劝他，想开些，想开些，不用太过焦虑——他告诉他们自己似乎不是焦虑也不是想不开，而是有别的什么原因或理由，反正在梦里那些原因和理由曾经说服他过。

"我觉得那就是飞翔。"

每次提到自己梦的时候他都隐瞒了自己梦中的一个细节，那就是他站在悬崖的边上向下看过去，总会看到一群黑色的鸟从空气中穿行，它们很不真实地浮在空气里，这是梦中唯一不够真实的地方。他隐瞒这个细节倒不是别的原因，大约是，它们不够真实。这些黑色的鸟在半空中没有重量地悬着，仿佛更高处有一条条看不见的线在牵引，这些黑色的鸟不过是放远了的纸鸢。

只有飞速的下坠才能摆脱那种被牵引的状态。也许。

这是一个和梦有关的故事但我说的不是梦，这个人，在现实中的境况是，他一个人来到了一栋大楼的顶上。他站在边缘处向下看，这时他再次想起了自己的那些梦，以及梦里不够真实的纸鸢们。

现实是，他从楼顶望下去，看到的是小如火柴盒的汽车，它们拥挤而缓慢；车水马龙的道路一直延伸到很远；变小了的长江，有汽笛的长江绕过了他所站着的高楼，被两座桥遮挡了视线。

现实是，他从楼顶上望下去，没有看到任何的一只鸟，黑色的、白色的或褐色的，一只也没有。

第五个飞翔故事

　　每次来到郊外，僻静处，他就会化身为蜻蜓。他极为享受那种"蜻蜓的"飞翔姿态，这也是他每隔一段时间就会驱车很远，来到郊外的原因。

　　第五个飞翔故事，我想把它讲得真实而不是过于幻美，所以我必须提到：他所到来的郊外和时下一切城市的郊外一样，杂草和枯掉的树枝混在一起，不远处堆满着黑色的、红色的、白纸的塑料袋，农夫山泉或娃哈哈的矿泉水瓶，泡在污水中的特仑苏纸盒，不知是从什么瓶子上拧下的瓶盖……蚊虫嗡嗡，苍蝇乱飞，河面上散发着一股潮湿的、溽热的、朽腐的气息，夹杂其中的还有一些不可名状、难以分辨的臭味儿。不过他并不在意。一直以来他都是那种随遇而安的人，他把随遇而安当作自己的美德。

他变成蜻蜓，一般而言会停在某一株靠近水面的芦苇上面，然后一待一个上午。他就是待着，不飞也不动，他的大脑也是如此，他习惯让自己空空荡荡。偶尔，他觉得自己必须想些什么才行的时候，就朝着水里面的自己看——水面混浊，有着咖啡一样的颜色，但也恰恰因为这层"咖啡质的"添加更使得水面有了镜子的效果。他看见自己的翅膀、复眼、胸和细细的腿——倒影中的他就是一只蜻蜓，具有蜻蜓的一切性质。

来到郊外、变身为蜻蜓的感觉很好，于他而言是一种特别的享受，当然也是他最迷人的秘密。自从有了这个秘密，他感觉之前所不可忍受的一些事也可以忍受了，何况还真没什么不可忍受的。变身为蜻蜓，他还获得了在水面上和草丛中飞翔的能力，只是他并不太喜欢这一能力。飞翔时常会让他眩晕，远不如抓住什么更让他感觉牢固，舒服：所以他总是在变身之后飞快地选择一株芦苇或者更坚实的树枝停下来，然后在上面一动不动地发呆。

不过天气越来越冷。

这天早上，他早早地从床上爬起，乘着黎明的薄幕再次赶往郊外。车停下来，下车，他在走出车外的那刻甚至连打了三四个寒战，回头，车窗玻璃上竟有一层淡淡的露水。四处，没有一个人，当然之前他也没有遇到过什么人，谁会来到一条荒凉的臭水渠旁边呢，谁会想到，一个人会在这条水渠的旁边变身，变成一只蜻蜓？

那个早上他再次变成了蜻蜓。空气寒冷，那股潮湿的、溽热的、朽腐的气息似乎也凝结住了，它们在变厚。变成蜻蜓的那个人朝着水面上飞过去，他看到对岸那里有一根断掉的芦苇：它是合适的。然而，当他飞到水渠上空，一股更冷的凉风从水面上吹起——前面我已经提到，当他变为蜻蜓的时候就会具有蜻蜓的一切性质。一切，这里面也包含着"冷血"的性质。

凉风吹过，他感觉自己的血液也跟着骤然变冷，变得凝固起来。突然降下的温度冻住了他的血，他根本无法控制自己的翅膀和身体——他的大脑里还有未曾冻住的血，他在恍惚中感觉，自己飘忽着在朝水面坠落。这感觉，完全是蜻蜓性质的，他坠落得不快。

河水很厚，也更凉，他的翅膀落在水中之后迅速地变成了湿淋淋的木头，再也无法抬起来。水很厚，有一股更厚一些的腐烂的气息扑进他的鼻孔。在水中，他略略地想了一下便放弃了挣扎，他身上那种随遇而安的品性再一次发挥着作用：没什么不可以接受的，这样其实也挺好。

是的，在冷掉的血完全地渗入到他的大脑之前，在他的思维完全地停止转动之前，他感觉很不错，竟然有种小小的惬意。

第六个飞翔故事

终于轮到讲述我的故事了。

我的故事是：很久很久以前——很久很久以前，我和父亲受命为可恶的、暴虐的国王建造一座巨大的迷宫，当时他告诉我父亲，他要把自己那头习惯伤人的怪兽关在里面，让它永远都不会出来。"我已经不能容忍它了。"国王说。"它总是乘我不备的时候出来伤人，无论那个人是我的朋友还是敌人。这当然不好，可我制止不了，人总有不备的时候，"国王说，"我知道所有人的都把账记到了我的身上，其实许多事都不是出自我的意愿。没办法，我只能把它关在迷宫里。不不不，它不能死，再说我也没听说过杀死它的办法，我们把它关住就够了。"

然而关住的并不是怪兽，而是我和我的父亲：在迷宫建好之后，这个可恶的、狡诈的国王取走图纸，却悄悄地命人改变了其中的几处，还封住了大门。这时我和我父亲才明白：原来国王真正想关住的并不是怪兽而是我的父亲，因为他是个过于聪明的人，他懂得建造。

经过几个昼夜的冥想，我父亲终于想出了办法，他叫我和他一起收集从天上落下的羽毛——这并不困难，经过迷宫上空的鸟实在太多了而它们总有羽毛要落下。困难的是找到它们，好在我们有的是时间。搜集好羽毛之后，父亲又找来树枝树棍，然后熬好了树胶。像旧书上写的那样，我父亲为他和我建造了一大一小两副翅膀，他使用大的，而我使用小的。没有什么能够难得住他。

像旧书里写的那样，我们一前一后，从迷宫里飞上了天空。开始的时候我还特别的谨慎，后来慢慢地，我开始享受那种飞翔的快感和轻度的"危险"，加快了速度，朝着太阳的方向飞过去。

接下来的部分则和旧书里写下的完全不同，我并没有试图飞到太阳上面去，我也没有试图追赶什么阿波罗的马车。我只是享受着飞翔，我知道我的父亲也是这样，飞到这样高的高度，也是他一生当中的第一次。

我们飞越迷宫，为了不被国王的看守发现，我们有意迎着阳光，这样，假设他们偶尔地抬头，只会看到太阳的光晕中有两个移动的黑点，而不会猜到那两个黑点是我和我的父亲。不过在远走高飞的过程中，我和父亲都没有预料到后面会发生的事情，没有预料到它的后果：

当我们越向上面飞，自我就越小，而等我们飞到云层的上面的时候，我发现属于我的自我变得更小，或者是破碎：在那里，"我"被分裂成一只又一只的鸟，而更小的部分则被分裂成蜻蜓或蝉，或者苍蝇，或者更小的、不知名的飞虫——反正，"我"没有了。

旧书当中说我因为不可遏制的傲慢而自不量力地飞向了太阳，炽热的阳光晒化了粘接羽毛的胶水，羽毛脱落而我也从高空中坠落下来落进了大海——它说的当然不对。不过"我"被分裂成无数的碎片倒是真的，在空中，在那样的高度之上，我发现"我"被分裂成许多个别的事物，有大有小，纷纷扬扬，但那种属于"我"的性质却也在分裂之中变得不复存在。

"我"没有了，而我父亲却在飞过云层之前收拢了翅膀，他朝着下面扎过去——这样，他得以幸免，在自己的身体里保留住了一小点儿的"自我"。不过他的小一点"自我"在为另一位国王效命的时候也被磨成了碎片。

这，才是我的故事。

第七个飞翔故事

一个猎人，一个和别人打赌说自己能够轻而易举爬到树上抓住猴子的猎人爬到树上。他要捕捉一只猴子，当时他的境遇是，他不得不爬到树上去捕捉猴子。

毫无疑问他缺乏猴子的机敏，同时也不像猴子那样熟悉树的习性。守在树上，他能等来猴子却始终抓不住它们。

他想了一个办法，这个办法就是他把自己伪装起来：于是，他成为了高高的橡树上唯一结出的香蕉，他缩在挂满的香蕉里面，就连手臂也挂上了香蕉。作为高高的橡树上唯一结出的香蕉，他当然吸引了猴子们的注意。猴子们围住他，却不敢真正地靠近。

也不知道过了多长时间。树上的猎人饿了。他决定暂时不管围绕在自己身边的猴子，先吃个香蕉再说。他抖动着自己，将自己手臂上的一个香蕉剥开了皮——

猴子们一阵骚动，它们发出威胁的尖叫：很明显，在僵持的过程中猴子们已经把所有的香蕉都看作自己的财产，现在这个财产很可能会被伪装的猎人给吞下去，这，是它们不能接受的。猎人并不想理会，或者说他原来想要的就是这个效果。他剥开了香蕉。一只小一些的猴子一边尖叫着一边朝他的香蕉扑过来，试图把香蕉从猎人的手里夺走。

猎人缺乏猴子的机敏，但并不意味他就完全没有机敏。就在猴子的前爪抓住香蕉的刹那，猎人也伸出手一把把猴子抓在自己的怀里。

然而让他意想不到的是，另一只体形硕大的猴子乘他不备，飞快地扑到他的身后，从后面猛然地推了他一把——毫无防备的他从高高的树上摔下去，竟然一直坠向了山谷。

那种下坠的过程在猎人看来，就像是在飞翔一样。

和他一起向下飞翔的还有他所携带的香蕉，以及一只仍在抓紧香蕉的猴子。

第八个飞翔故事

当一个人具有了飞翔的能力之后他就不想再掩饰自己——就是这样,这个故事里提到的这个人就是。当他父亲说,把挂在树上的柿子摘下来,他哦了一声,提起篮子就飞到树梢那里,很快,柿子装满了篮子。当他母亲说,去,把这袋米送去山后的磨坊,他将米袋背到肩上就飞过了河——如果非要走村外的桥,他就需要多绕五六里的山路,可飞翔让这一切变得简便了。

有时,他会背上鱼叉,沿着流水的方向或逆着流水的方向来来回回。在高处,那些隐藏在水草里的鱼的脊背逃不过他的眼睛。他早早地掌握了悬在空中甩出鱼叉的技巧。

可是,他的飞翔能力却让自己的父母感到不安。"你怎么能飞呢？太吓人啦。你不该这样。"他的飞翔能力让自己的父母非常不安，"想想看，别人会怎样看我们，看我们这家人啊？"

于是，他们先是劝阻，在劝阻没有效果之后他们使用了别的手段，譬如把他关在屋子里不让出来，如果出来也一定先在他的腿上拴住绳子，绳子的另一头拴在树上或者院子里的重物上。譬如他们会为他背上很重很重的东西，这样他就根本无法再飞。譬如……这样吧，能够想到的办法他们都想到了，甚至，他们还听从一个道士的胡言乱语，给自己的儿子喂下了一种据说能消除飞翔能力的、难吃无比的药。

但，这没起什么作用。

他具有飞翔能力的消息不胫而走，很快，邻居们就开始用异样的眼光看他，躲避着他，就像躲避一头有攻击性的怪物。这个说法很可能并不确切，因为当他飞起来摘柿子的时候、去偏房上面晾晒小米或玉米的时候、沿着河流的上空准备捕鱼的时候，他家的邻居们以及周围的一些人就会拿出弹弓来打他，或者朝他的身上丢石块儿或土块儿，有几次他被击中直接掉在河水里面。左边的一个邻居，前几天还专门找他让他飞起来帮助自己去摘树上未被打净的枣，却在他飞到河面上去的时候掏出弹弓。在他飞起来的时候没有谁会在乎他有没有攻击性，但一旦他在地面上从谁的面前走过，那种异样眼光和躲避也就跟着来了。

在他具有了飞翔的能力之后，那些平日里见他和善、冲着他不断地摇尾巴的小土狗竟然也变了脸，似乎得到了什么统一的指令，一看到他就冲着他不停地狂吠，就像怀有深仇大恨的样子。这，当然还不是最难忍受的。

更难忍受的还在后面。他的那些小伙伴都成为了陌路人，他们不再和他一起打草抓鱼，不再和他一起去学校上学，在路上，他的存在变成了空气。那个总爱和他说话、给他递水和几瓣橘子的邻桌同学也疏远了他，虽然他这时感觉她那颗突出的门牙和脖子上的痣已不那么难看。下课的时候，他匆匆出门不小心碰到了她的手，她仿佛被一块烧红的铁块烫到了一样跳起来，并发出尖叫声——这让他很没面子，后面的两节课都没听进去。

当一个人具有了飞翔的能力之后他就不想再掩饰自己——但经历了一系列的波折和委屈之后，他决定亲手"破坏"掉自己的这个能力。也只有他知道自己从哪个地方下手才会有效地进行破坏。

在他的背上。透过镜子和它的反光，他使用着刀和锯子：割断那双隐形的翅膀并不容易，很疼，那种疼痛几次都让他停下手来，不过这个坚韧的孩子并没有因此放弃。

终于，他割断了自己的翅膀。

然后是一阵晕眩，他陷入黑暗的昏迷。

一周之后他才离开医院，医生们很是尽心，但他们缝合伤口的针脚不能恭维。现在，他已经是一个普普通通的正常人了，没有了翅膀也不再有飞翔。

可是，小土狗们在遇到他的时候还是要狂吠，他走出家门，呼啸的小石子还会落到他空空荡荡的背上。邻居们还在躲避着他，仿佛他是一头有攻击性的怪兽，只是还没有进行过攻击而已。他的父亲母亲，也依然是那副愁眉苦脸，依然会把他关在屋里或者坠上重物才让他出门。有突出门牙、脖子上长着难看的痣的女同桌依然与他疏远，现在，她用刻刀在桌面上划出一道深深的线，并在这条线上涂上了墨水。只有他的那些小伙伴，又重新接纳了他——

他们接纳的方式是，让他爬到高高的桥上向下跳，但不能用飞翔的姿态，要全身团成一团才行。他们接纳的方式是，几个孩子，抓住他的手和脚把他按在水中，非要看他扇动翅膀的样子，他们要把他的翅膀"灌出来"。

沉在水中，他的眼泪不断地涌出，这时他才明白：自己割掉了翅膀是没用的，不再会飞翔也是没用的。他的命运因为"飞翔"而已经改变，却并不能因为舍弃"飞翔"而变回原来。

第九个飞翔故事

　　很久很久以前，有一位红脸的神仙遭到雷公的击打而跌落到我们那里，据我爷爷的爷爷的爷爷说他在天上是一个铁匠。他为什么得罪了雷公和我们要讲的故事无关，所以不会再提，我估计我爷爷的爷爷的爷爷也并不知道。一位神仙跌下来跌到了凡尘，当然会引人注目，许多许多的人都会不远万里地骑马、骑牛、骑驴、骑骆驼或者是骑鹿，风尘仆仆地前来。跌落在我们村庄的神仙让他们失望不已——不过个子高大一些，脸红一些，别的似乎没什么两样。他不会让人长生的咒语也不会撒豆成兵，唯一擅长的就是打铁。不远万里骑马、骑牛、骑驴和骑骆驼而来的人并不想见一个木讷的铁匠，面前的这个神仙一点儿也不符合他们关于神仙的标准——他们在赶过来之前，心里早早地就有了标准的神仙的样子。"还不如关羽呢。"

只有骑鹿前来的那个人在离开的时候依旧兴致勃勃，因为这位神仙铁匠为他的鹿打了一对保护鹿角的铁套，这样他就再也不用担心那些偷盗鹿茸的盗贼伤害到他的鹿啦。

神仙在我们那里住下来，一住就是三年，当然天上的时间和地上的时间完全不同，我在这里说的是地上的时间，我们所运用的时间。开始的时候这位神仙天天想的是如何回到天上，后来他就不那样想了。据我爷爷的爷爷的爷爷说，当地人用他们的粮食和水果，用他们善良、热情和怯懦，用他们的……这么说吧，他们用三年的时间终于把那个看上去憨厚、木讷而朴实的神仙给惯坏了，把他培养成一个专横跋扈、颐指气使、胡作非为的暴君，虽然他并没有提供任何的神迹以帮助到当地人。他做了不少的坏事、错事，而且绝对容不下批评，也容不下辩解，那些敢于批评他的人都被他用铁锤击打过头、胸或者脚趾，凡是被他的铁锤打过的地方就会留下永远的伤口，至死也不会愈合。据我爷爷的爷爷的爷爷说，他们已经是不堪其扰。在我之前写过的那篇题为《跌落到我们村庄里的神仙》小说中，我曾原原本本地记下了他的暴行和愚蠢，以及他又是如何变成那个样子的；我也曾原原本本地记下了我们村庄的祖先如何密谋，设计捕杀了这位神仙，不过关于结局，按照小说的设计原则我进行了虚构。现在，我终于有机会实话实说，那位神仙的结局并不像我在小说里说出的那样：

我爷爷的爷爷的爷爷的父亲和叔叔，以及整个村庄的人都参与了谋杀计划，他们终于乘着这位神仙酒醉的时候杀死了他——他的身上布满了刀子的划痕，可他并没有因此真正地死亡。他身上的刀口一一裂开，我的祖先们看见从那些刀口处窜出一只只红兔子，好在他们早有防备。所有的红兔子都被集中在一张大网里，村里人想出办法，将这些兔子投入井中，然后投下石头，铺上石灰，盖上刻有符纹的井盖。他们以为这样足够了，那个神仙不会再次复活，他也永远不会再回到天上去——可是我爷爷的爷爷的爷爷说，他们想错了。

第二年，井的一旁长出了一棵奇怪的树，树干是红色的，树叶的筋脉也是红色的，它生长得很快。第三年，这棵树就长成了一棵非常高大的树，树上开始结出一种暗红色的果——不好，那个神仙还活着！这棵树就应是他的化身，是从他身体里长出来的！据我爷爷的爷爷的爷爷说，所有人都听说了这样的话，他们不敢不信但也不想相信。

于是，村里人又开始集中起来商量，如何将这个死掉的神仙再杀死一次。有人提议用火来烧但马上遭到否决：这个神仙铁匠天天和火打交道是不会怕火的。有人提议，我们用斧头吧，说这话的人话一出口便遭到了自己的否决：这个神仙是铁匠，他怎么会怕铁器呢？不会。最后的办法是，先用木钩把树上的那些果子钩下来，然后泡在混合了女人经血的冷水里去。

木钩很容易就勾到了果子，很容易地，便把那些果子拉了下来。让我爷爷的爷爷的爷爷的父亲和叔叔他们惊讶的是，这些果子落到半空的时候一个一个地炸开，从里面飞出了一只只红色的小鸟。它们一飞出来，就像一团团燃烧的火焰那样，闪烁着、飘忽着，飞快地向着天空中蹿去。

根本拦不住它们。

第十个飞翔故事

"那个把天空看作是故乡的人是有福的。他必然会融进天空的怀抱里去，和星辰、云朵与光融在一起。这，才是他应有的命运。"

当时，坐在他身侧的那位女孩并没有注意到他写下了什么，只是看到他把一句话写到了纸上。她提醒他，能不能把一侧的遮光板拉下一些，飞机已经升至万米高空，机翼折射出的阳光太过强烈，而他却笑了笑："你不觉得，外面这景色实在太美了吗？这可是在地面上看不到的。"随后，他又补上一句："美得简直让人能够融化。"

美是美，可她没有兴趣，那时她的全部想法只是睡上一觉。老土，她在心里暗暗地鄙夷，没坐过飞机吧。现在，谁还用圆珠笔写字。

一个自私的人。那个女孩又一次暗暗地断定，她把自己的头侧向左侧，又侧向右侧，再次侧向了左：机窗外的阳光实在晃眼，它强烈得让人难受。本来，她如果不曾提醒身边的这个人也许会让自己好受一些，也许不会那么仔细地注意到阳光，但现在，她不能忽略。

请你把遮光板拉下来吧。这样，我睡不着。女孩说，她用了一点儿加重的口气。那张正朝着窗外看的脸回过来，女孩看见他的眼睛里布满了厚厚的血丝。"哦，好吧。对不起。"

遮光板拉下来，女孩却没感觉客舱里的光线有多大的变化。不过她也没有再说什么，而是闭上眼睛，仿佛要努力睡着的样子，然而她已经没有了半分的困倦。飞机有一阵气流的颠簸，她睁开眼，然后调整了一下自己的姿势，这样她就不会再注意到窗边旅客的表情，而那位旅客也看不到她。

她在想自己的这场旅行。迎接自己的会是什么？她，真的要在这座城市待下去吗？她所遇到的，会不会一帆风顺，会不会有想要的幸福？

事后她说她真的没长想事儿的脑子，只要一静下来想点什么很快就会睡过去，那天也是。她只想了一些问题的开头便头一歪，进入到梦乡。她做了一个又一个混沌的梦，但当她被叫醒的时候那些梦竟然像空气消失于空气中那样，没有半点遗迹。"请问，你身侧的那位先生……"

她的身侧没人，而遮光板，不知道什么时候被重新打开，外面的白云就像铺陈的海面，平静而又喧闹。"他去洗手间了。"女孩说，她说得异常笃定，"你不会是怀疑，飞机飞到了高空，你的一位乘客突然消失了吧？"女孩看了空姐两眼，她的眼睛很细，长得不算漂亮，"这也太幽默了。"

"卫生间里没人。他，似乎也没有离开过座位。"

靠近过道的胖子也向空姐证实，窗口的那个人根本没有去卫生间，没有。否则自己不可能不知道，即使是在他睡着的时候。"我是看着他消失的，"胖子说，"不过当时我觉得自己是眼花的，或者睡着了。"后排的乘客提供了同样的证据，她说她正在看机舱屏幕上播放的电影，靠窗的那个人则伸着头朝窗外看。一阵灿烂得让人恍惚的阳光扫过来然后消失，随着这片光消失的还有靠窗的那个男人，"也就是四十多岁。有点儿秃顶。"

空姐倒是极为淡定，似乎这样的事她并不是第一次遇到，没有什么可慌乱的，真的，不用慌乱。她叫女孩将小桌板上的纸拿给她，在把那张纸递到空姐手上之前她飞快地扫了一眼，记住了上面的话。"真够酸的。还是个文艺青年，不，文艺中年。"

"那个把天空看作是故乡的人是有福的。他必然会融进天空的怀抱里去，和星辰云朵与光融在一起。这，才是他应有的命运。"过道处的胖子将纸条上的字念了一遍，他的声音不算太小，前后两排的人应当都能听得见。"这是什么意思？是不是说，他是有预谋的，他就是要到天上……"

"现在，我们还不好轻易地下判断。"纸条终于传到了空姐的手上，前排的几位空姐和身穿白色衬衣的两个男人，正朝着这个方向走来。

是什么意思嘛。他也不能说走就走吧。胖男人使劲地摇着头，一脸不解。"他，不会是什么外星人吧？"

第十一个飞翔故事

"那个把天空看作是故乡的人是有福的。他必然会融进天空的怀抱里去，和星辰、云朵与光融在一起。这，才是他应有的命运。"多年之后那个女孩还会不时地回忆起让她记忆深刻的那次空中飞行，一个人，竟然可以毫无征兆地从她眼前消失，"融化"在天上，而且没对飞行造成任何的影响……

真是不可思议。

不可思议的旅程改变了女孩的命运甚至改变了她的性格，至少在她自己看来如此，假如不是那次旅程她的选择不会像现在这样，她不会有现在的生活，无论这生活在别人看来是幸运的、幸福的还是糟糕透顶的。"那个把天空看作是故乡的人是有福的……"那张纸片上的句子印进了她的脑海中，从来没有一件事能在她的记忆里有这么深的刻痕。

她迷恋上了飞行。每次飞机飞至万米高空，在平稳中巡航的时候她就会把目光探向窗外。她试图再次找到那个消失的人，也许他正坐在某个云朵上，惊愕地望着飞机从一侧飞快飞过，携带着那种震耳欲聋的轰鸣……有时，她觉得那个从飞机上消失的人会飞过来凑近玻璃，往窗子里面看。当然他也可能重新坐回飞机里，和其他的乘客一样摇晃着打盹，听着音乐，或掏出一本薄薄的书来……在那个时候，她会把随身准备的小纸片拿出来，在上面抄录下"那个把天空看作是故乡的人是有福的。他必然会融进天空的怀抱里去，和星辰、云朵与光融在一起。这，才是他应有的命运。"有两次，她在抄录完这段句子之后又在旁边添加了一个词：矫情。第二次抄录的时候，她在矫情的后面又添了一朵花，不过因为飞行颠簸的缘故那朵花画得并不好看。

不止一次，她把自己所遭遇的不可思议的事情讲给自己的闺蜜、同事、男友——一个人就那样从她身侧消失了，唯一的痕迹就是他留在小桌板上的纸片和上面的字。据说背后还有几个字但当时她和小眼睛的空姐都没注意到。下飞机的时候，她听到另外两个空姐在窃窃私语，说的是纸条背面。"怎么会？"无论是闺蜜、同事还是后来的男友都表示不解，不信，他们说没有在报纸上、网络上读到过相关的消息，也从来没有经历过类似的事件—— 你不是在做梦？好吧好吧我相信你，只是这样的事别和别人说了。你说了人家不但不会相信，还会怀疑你。是的是啊真是不可思议。像是鬼故事。哈哈要是外星人就有意思啦。

只有一个同事，一个刚入职不久、戴着大耳环的小女孩，听完她讲的这个不可思议的故事之后用力地把吸管里的可乐吸完，然后斜着脸问她："你和那个男人是什么关系？"

她愣了一下，从来没有人问这样的问题。没有关系啊。一起坐飞机乘客。她甚至忘记了他的模样，没有特别的印象。她只记住了这张纸片和上面的字。

"可你就是放不下他，不是吗？"

是啊，她放不下。几年的时间过去了可她还总是想起来，她甚至想了解那个"融化"在天空中的男人过得怎样，他是怎样做到的……前几日，她去医院例行体检，做CT的时候两位护士费了不短的时间，她们还叫来一位中年医生。经过几次反复的磋商后，她们决定告诉她：她的心脏上方有一个极为特别的小洞。可她的所有指标都是正常的，那个小洞对她的健康没有影响，至少现在看起来是这样。为了保险起见，她们建议她留下来手术。

"没事的，"她想现在她应当想清楚了，"这个小洞，其实是为了让一个消失的人能够在中间穿行。"

第十二个飞翔故事

如果冬夜，一个旅人……他骑在一个空荡荡的煤桶上。我们把这个没有重量的人称为"煤桶骑士"，有时候我们会遇见很多，有时候却只会在漫长的冬天里遇见一个。

"请往上看看，你们就能发现我了。我想求你们给我一铲煤。如果肯给我两铲，那我可就太感激啦。"煤桶骑士骑在煤桶上，轻轻地敲着玻璃，外面的寒气把他的眼泪都冻住了。"如果能听到煤劈劈啪啪倒入桶里的声音该多好啊！"

在我们城市，一般而言煤桶骑士遭遇的结局会有两个：一个是他获得了煤，我们城市里的好心人实在很多，不过在这时煤桶骑士的贪婪就开始发酵，他会再次请求：

"好心人啊，请你再给我加上一铲吧，当然如果能加上两铲就更好啦。"这样的贪得无厌实在让人讨厌，假设好心人也并不在意多一铲煤的损失，他就会怀着怒气向骑士的煤桶里加煤，一铲一铲——"啊！"煤太重了，煤桶骑士连同他的煤桶一起朝楼下坠落，好心人能够听到他摔到雪堆里的响声。另外一个结局则完全相反，打开了窗户的女人不肯向骑士的煤桶里装煤，不仅如此，她还解下自己的围裙朝着煤桶骑士用力地挥动——煤桶没有什么抵抗力，骑士也没有，他和他的煤桶会在围裙掀起的风中呼啸着飞远……

偶尔，在哪个冬夜，你会听到风声的呼号，听到树梢上煤桶撞击树干所发出的叮叮当当的响声，就知道又一个煤桶骑士被风卷走啦。

第十三个飞翔故事

我们小镇最美的俏姑娘飞走啦——有本书上是这样说的，这个女孩在晾晒床单的时候忽然被一阵大风吹起，她紧紧地抓着床单随着大风飞向高处，"她离开了大丽花和金龟子的那个空间，最终消失在下午四点钟的那个时刻，飞向了就连飞得最高的鸟也不能到达的高处。"说实话我不觉得这是真的，我无法相信，虽然我一次次试图说服自己相信。

许多人都不肯相信，他们猜度俏姑娘也许遭遇了怎样的意外，他们猜度镇上最美的姑娘也许，也许……好啦不再纠缠那些无聊的猜测，它们只会把事实引向歧途，最终把事实完整地、一点痕迹也不留地掩埋起来。乘着事实还有一个小小的尾巴露在外面，我想我还是先把它抓住：事实是，俏姑娘已经"离开"了这个小镇，无论是飞走的也好、逃走的也好、被掠走的也好、遭遇了什么不便和邻居们说出的意外也好，她都不见了，很可能再也不会回到我们的小镇上。

我们之所以不肯相信俏姑娘已经离开了我们，是因为谁也无法接受这样的事实，小镇上的人都觉得小镇可不能没有她的存在，那些和我同龄的年轻人当然更是。"俏姑娘飞走啦？不会吧？""她是不是被藏在了一个什么地方……只要能找到她……""飞走啦？那，她还会回来吧？"

我们当然期盼她能回来。一时间，整个小镇都患上了统一的"疾病"，就是无论做着什么、和什么人在说着话，脸一定是抬着的，每隔不到十秒就会转过头去看看后面的天——我们很希望能看到俏姑娘的归来，她乘着那个旧床单从天上姗姗落下，她，只是出门走了一趟亲戚，路途遥遥她不得不采取飞翔的方式。

期盼一次次落空，我们不得不慢慢地接受她已经离开并且可能永远不再回来的事实，这一事实自身就弥漫了让人阴郁的气息。一时间，酒吧里坐满了失意的、痛苦的酒徒，我之所以这样说是因为他们把明显的失意和痛苦都写在了脸上，根本不可能看不出来。至于酒吧里的话题，这么说吧，无论认识的和不认识的，新来的还是老顾客，他们的话题无论是从山峰还是河流开始，是从头发还是从关于海伦的战争开始，绕来绕去最终都会绕到俏姑娘和她的消失上来：我们谈着她，谈着那个认识的和不认识的她，关于她的那些闪烁着光的碎片。我看见邻桌的一个小伙子因为不同意另外一张桌子上的判断，在他眼里的俏姑娘不是那个样子的——于是冲上去争吵，进而和正在喝着啤酒的两个少年殴打在一起。我们先是看着，然后将他们拉开：没想到的是这三个刚才还在怒火冲天的小伙子竟然像多年的兄弟，哭泣着，拥抱在了一起。

俏姑娘的离开，让我们感觉……自己的生活就好像突然地少了一块儿，那一块儿别的什么东西还填充不起来……说这话的并不是我，而是我的一个朋友，他说这也是他的转述他是听他的母亲说的。没错儿，俏姑娘离开了我们，让我们这个本来正常的小镇一下子空空荡荡。所有人都感觉了这一点，包括那些已经做了母亲的人。我们想过她会被哪个幸运到天上去的男人娶走，但没想过她会消失，飞离我们的生活，飞离我们的小镇。我们怎么能缺少她的存在呢。

可她，就是消失了。

刚才我在叙述中谈到酒吧里的争吵和打架，谈到三个怒火冲天的小伙儿在打过一架之后哭泣着拥抱在一起——接下来的事情就变了样，他们还会哭泣但绝不肯再次拥抱。事情是这样的：

镇上的悲观主义者开始散布一种悲观的流言。他们说，这个太过纯洁、纯洁得不知道什么是爱情的俏姑娘本是个天使，然而她怀着失望离开了我们，重新回到了属于她的世界。她把我们留在这个已被谎言、罪恶、仇恨以及充满了苦杏仁般淫荡的气息所笼罩的世界上，再也不会回来了。她放弃了对我们的救赎，没有人能改变什么，只有接受它的堕落并且与它一起堕落——"我不接受这样的说法！"在赌场里刚刚赢得一笔小钱、兴致勃勃的我的叔叔于勒不肯接受，他随口说了一句，"说不定她是魔鬼呢！要不然她怎么会那么漂亮，就连女人们都会心动，都不会妒忌她呢？"于勒叔叔说得无意，但令他没有想到的是和镇上的悲观主义者对应，他的这一说法经过变化之后成为"魔鬼派"的说辞。在"魔鬼派"那里，俏姑娘依然具有天使的性质，不过在她成年之后魔鬼便找上她，让自己附在她的体内，吸引小镇上的男人让他们神魂颠倒，丧失勇气、能力和希望。最后，仁慈的上帝不得不把她收回到天上去……

"她怎么会被魔鬼控制？不，这种判断里面充满了恶毒，说这话的人才是魔鬼！""我们没有一个人，在她身上看到过魔鬼的影子！""说这话的人不仅是对俏姑娘的侮辱，也是对我们的情感的侮辱！他们在污染我们的天使！"

很快，小镇分成了各执一词的两派，为了表明自己的态度，他们甚至把自己的房子涂成了鲜明的蓝色或黄色，悲观主义者们组成联盟，坚决反对"魔鬼派"的说法，而所谓的"魔鬼派"也是如此。他们不仅在酒吧里争吵，而且把战火引到了大街上、斗鸡场和餐桌上。一家人也可能分别是悲观主义者派和魔鬼派的拥趸，所以有的房子会按比例涂有蓝色或黄色，它能清楚地标明这家人拥护悲观主义的多些还是拥护魔鬼派的多些。再后来，争执慢慢地升级，甚至波及邻近的几个小镇，为了显示自己的正确和力量，两派的人张贴了标语，并且各自组织了声势浩大的游行……最后，两股力量就像是来自不同区域的寒流和暖流，不可避免地冲撞在一起。那次骚乱实在刻骨铭心，我的叔叔于勒和我的一个哥哥就是在那场骚乱中去世的。需要说明的是我叔叔于勒在说过那样的话后就后悔了，所以在涂刷房子的时候他把属于自己的那一块儿涂成了黄色。但在骚乱开始的那一天，我叔叔又觉得既然是自己最先说了那样的话，就应当对它有所捍卫，于是他又跑到了"魔鬼派"的阵营中，并充当了走在前面的人。愿他安息，愿他在进入天堂的时候不会再那么混乱。

多年之后，小镇的分裂还是坚固的存在，被称为悲观主义者的和被称为魔鬼派的人们依然互不来往，他们的儿子和女儿也传染了这一疾病。大家似乎已经忘记了那个飞走的俏姑娘而只记得仇恨，大家似乎也忘记了那场曾旷日持久的冲突，是因为爱过一位飞走的俏姑娘而引起的。是的，小镇上所有的男人，都曾程度不同地爱上过俏姑娘，包括我在内。

第十四个飞翔故事

第十四个飞翔的故事有关亲情、遥远、疾病和即将的死亡——在我们小镇上，一个瘫痪在床的老人气息奄奄，不久于人世。镇上的每个人谈及他来都会先叹口气，"这个好人啊""这个可怜的好人啊"。

是的，这个老人在年轻的时候就是一个慈厚的、乐于助人的人，而随着年龄他的助人之心似乎还在增长。为在曲曲弯弯的山路上迷路的人们指路，他往往会放下手里的活，一路陪同走上四五里，直到人家重新找到了路径；偶尔路过的人上他的房里讨口水喝，他不仅会让你喝到水而且还会把新摘的瓜或野果送你品尝。周围的人，无论是谁，家里有盖房的事，耕田的事，播种的事，需要劳力帮忙，他总会早早地到场根本不用上门去请……这个善良的老人即将走向生命的尽头，我们都知道，他还有一个未了的愿望。至少一个，瘫痪在床的老人之所以还在呼吸，多半是因为这个愿望牵住了他。

他有三个女儿。两个，就嫁在我们小镇上，常来常往，但他最最喜欢、最最宝贝的小女儿，却嫁到了一个据说很远的地方——那个很远的地方超过了老人所能想象的距离，也超过了我们所能想象的距离。要知道我们小镇上的人很少离开过小镇，我们对距离的计算时常是"十里八村"，它算一个很大的界限，在山区，我们对十里八村以外的世界只能想象。老人当然从没有离开过小镇，他决定把小女儿嫁到那么遥远的地方去的时候自己先哭了一场。

据说，据镇上认识老人女儿的人说，老人非常牵挂着这个女儿，而她走了之后就再没有回来，不知道是不是因为路途的缘故。据说，据镇上认识老人女儿的人说，他的两个女儿出嫁时都是被马车接走的，而这个他最最喜欢、最最宝贝的小女儿，却是坐在一辆驴车上被接走的，不止一次，老人和回来探望自己的女儿们说："驴真瘦。我就没见过那么瘦的驴。"每次提到拉车的瘦驴老人的声音都会变化，但他从来都是只谈瘦驴，他的女儿们也知道他想说的可不是瘦驴。

"怎么能帮到这个可怜的好人呢？"

"我们不能让他寒心吧？我们，能不能想想办法？"

需要承认帮助到老人、给他小女儿传递信息成为小镇上所有人的心事，没有一个人不想帮助这个即将离开人世的老人满足心愿，就连十几岁的孩子也这样想。可我们都没去过那么远的地方，何况，到那里去至少需要跨越一条凶险而宽阔的河，跨越三座凶险而高大的山——"时间已经不多了。我们怎样才能帮到这个好人？"

就在我们一筹莫展之际，一位仙人一样的道士来到了山上。他说，他在山下的时候就听说了老人的故事，也正是因为老人的故事他才赶到山上来的。"我先去看看老人吧。"

也不知道他们究竟谈了什么——只见那位瘦瘦的道士冲着老人点点头，然后打开自己带来的包裹，从里面拿出一个绸面的卷辐。他把卷辐打开，我们看见画心处只是一张白纸，上面没有画也没有字。道士念动我们听不清楚的咒语，将卷辐从高处覆盖下来覆盖到老人的身上，然后用手一指——瘫痪在床上、蜷缩在被子里的老人不见了，而那个卷辐的画心处多出了一个老人，他坐着，似乎正在闭目养神。

"看！是他！"

我们都能看得清楚，画心处那个盘腿而坐的老人就是刚刚在床上消失的老人，他的脸我们认得。道士并不理会我们的惊讶，而是慢慢地卷起卷辐，从床上走下，推开房门。

我们听见门外一声长啸。

等我们和老人的两个女儿也跟到门外的时候，老人和道士都已不见，没有了踪影。我们能看到的是一只白鹤飞在天上，正在穿越一道在阳光的照射下极为灿烂的云。

"看！是他！"

第十五个飞翔故事

　　某天早晨，他从一个令人不安的睡梦中醒来，发现自己变成了一只巨大的甲虫。"啊，我怎么会这样！我怎么会遭遇这样的不幸！我还有那么多的工作要做，如果今天我不能按时到达办公室，如果因为我的不幸影响到今天的销售成绩……我可怎么办啊！"

　　他极为艰难地翻动着身子，多出来的腿根本不听他的使唤，它们简直是种累赘的装饰，而这装饰又那么难看。"天啊，我选了个多么累人的职业啊，日复一日地奔波，那么多地烦心事……"他终于从床上翻过身子，"我可不能迟到，否则老板会骂我的。他肯定想我是有意的懈怠……"

　　他看了看柜子上滴滴答答响着的闹钟。已经是——

他急忙跃起，飞速地朝房门跑去——或许是过于急躁的缘故，他竟然飞了起来，但这一发现并没有带给他安慰，而是惊恐：就在他惊恐自己怎么突然会飞的时候一头撞在了墙上。"哎呀，头真疼。我怎么就会撞到墙上？一定是太急了，唉，为什么闹钟没有响？是不是它已经响过了，而自己却睡得太沉太死而忽略它了呢？不，没有道理啊，我睡得并不安宁，我时时都在想着上班的事就是在梦里也是这样……"

他再次跳起来，不，而是再次飞起来，他感觉自己在跳的时候其实是在飞。这一次，他又撞到了墙。"老天啊！"

这一次他感觉自己的头更加昏沉，"难道这四面的墙也会跟我作对？你们就不能放过我吗，我已经很急很累啦！"想着，他第三次第四次撞在墙上。"难道，你们还会凑上来给我制造不幸吗？"他试图揉揉有了肿块的额头，但哪一条黑黝黝的腿也指挥不动，它们和他想得很不一样。"我得走啦！下一班火车七点就要开，我只能用最快的速度才有可能赶上！"

一次，又一次，他还是反复地撞到墙，而且似乎是他心里想的"难道"真起了作用，四面的墙正在慢慢地聚拢，留给他的空间正在吱吱嘎嘎地变小。

一次，又一次。他听见外面有人敲门：是什么东西掉在地上啦？

　　"不是东西。爸爸。是我，是我的头撞到了墙。我马上去上班，昨天的时候我已经想好了让新客户接受我的推销的思路……"他说着，不过他的声音听起来实在奇怪就连他自己也听不清自己说的是什么。"我马上——哎哟！"

　　大约是撞得最狠的一次，他的头就像裂开了一般，耳朵里却是巨大的轰鸣声。慢慢收拢到一起的墙已经碰到了他的屁股，他感觉现在转身都有些困难。起来，开门！敲门声变得更急促也更不耐烦，你们老板打来了电话，询问你的情况。我不知道有什么理由能为你开脱……

　　"就好吧，爸爸。"

　　门，从外面打开了，父亲惊讶地发现这扇门的里面紧紧地贴着一堵墙，房子和它的空间都消失得无影无踪。更奇怪的是他的儿子也不见了，他能看到的只是一只甲虫的形象被固定在门后的墙上，它似乎在飞也似乎想钻到墙的里面去。

第十六个飞翔故事

　　诗人的真实传记，如同鸟儿的传记，几乎都是相同的——我引用布罗茨基的话语是因为它让我联想起一个诗人的故事，一个属于传说的故事。

　　很久很久以前，意大利人和土耳其人之间暴发过一次战争，战争旷日持久，以至于后来参战的士兵们早早出现了懈怠，仿佛那种旷日持久一直跟随着他们似的，仿佛他们经历过太多战场上的一切都了无新意。只有这个诗人不同。

　　只有这个诗人不同，他保持着惊讶和兴致勃勃。

　　上尉当然也注意到了这点，当诗人兴致勃勃地挖完一段新战壕正准备将前面一个弹坑里的一棵枯掉的树枝捞上来时，上尉叫住了他："下士，是什么东西藏在了你的体内，让你一直这样兴致勃勃，难道你从来都不诅咒这场该死的、没完没了的战争？"

"尊敬的先生，这场战争，我早在心里、在我的诗行中诅咒过一万次啦！我相信上帝也读过其中的三四首吧。不瞒您说，我偶尔会感觉我的体内住着一只鸟，它要我记录下来，不肯让我错过什么。"

"一只鸟？这是你们诗人习惯的比喻吧？不管怎么说，我们部队里实在缺少你这样的人啦！你来当我的勤务兵如何？之前的那个，在昨天遭遇了冷枪。我允许你在休息的时候写诗，不过你的诗要拿给我看，特别是上帝也看过的那三四首。"

"好吧，听从先生的吩咐。"

勤务兵是一个悠闲的差事，至少在那段时间里如此，两支队伍在充满敌意和懈怠的氛围里对峙，只发生些零星的、不那么光明正大的战斗，这样的战斗多数不需要上尉和勤务兵的参与。空闲的时候，诗人写诗，上尉找过来阅读。

"你的身体里是住着一只鸟。"上尉说道，"难道，你不恐惧它的存在？你看看，你的这些诗中反复地提到黑色的羽毛，而这首诗，包括这一首《石头里面的死亡》，你竟然说从乌鸦的角度——你身体里住着的是只乌鸦吗？"

"我不知道。我只觉得类似，我感觉它是黑色的，尤其是在狂风起来的时候，那种感觉更为明显。"

"你不惧怕它吗？我是说，它的身上似乎带有一些……不祥的性质。我们的谚语里是这么说的。"

"相对于战争来说，还是它更容易接受些，是不是？"诗人回答，"诗人看到乌云，但并不招来乌云。诗人咏叹死亡但也并不会招来死亡。我们，更多的是保持了观察者的好奇而已。其他都是大自然的。"

上尉直了直身子："我听不太明白，但基本理解了你的意思。好吧，无论你身体里住着的是怎样的鸟，总比空空荡荡有趣得多，尤其是在这个该死的雨天。它让我的骨头像爬满了蚂蚁。这种时候，我就想不管不顾地带着我的队伍冲到对面去，无论是怎样的结果……你得帮助我遏制这个念头。"

……在那场旷日持久的战争结束之后，上尉回到家乡，除了自己的平时日用他还带回了一大叠的诗稿。他说这是一个诗人写的，他要替这个诗人将它们发表。至于那位诗人——他死啦。我是亲眼看见了他的死亡，因为他是我的勤务兵，一直离我很近，当子弹打中他的时候我甚至听到了穿过身体的"砰"的一声。子弹穿过的是他胸口的位置，那里被打开了一个洞。我亲眼看见，一只乌鸦从他胸口的洞里钻出来，抖抖羽毛，朝着很远很远的地方飞去——有一支步枪不断地朝它射击却没有打到它。

　　上尉在报馆里发誓他所说的都是真的，没有一句谎言，但没有哪个编辑会真正地相信。他们认为上尉就是诗人诗人就是上尉，持久的战争让上尉产生了幻觉，他将自己分成了两半——一半是军人，是上尉，另一半则是一个身体里住进了乌鸦的诗人。

　　对于编辑们的猜测，上尉极为愤怒："你们不了解那个诗人，因此，你们也不配发表他的诗！我宁可将它们撕碎，也不会留给你们！"说着，狂怒的上尉竟然真的那么做了。

　　写有诗行的纸被撕成碎片。

　　就在愤怒的上尉将它们撒向高处的时候，它们突然变作羽毛，纷纷扬扬。

第十七个飞翔故事

第十七个飞翔的故事将涉及一个被囚禁的国王，他被自己的儿子囚禁于一个四面环水、戒备森严的小岛上，每隔三两日的时间，陆地上的侍卫和太监会划船过来送上食物和纸张，再由岛上的士兵们送进去。

这一日，士兵们为囚禁的国王送来了食物、纸张和一双旧鞋子，同时送来的还有一只鸽子。当士兵们退下，这只鸽子跳落到地上，翻滚了一下：地上的鸽子骤然消失不见，多出来的是一个道士。他正在解开绑住自己腿的绳索。

"你是谁？"

道士告诉国王，你不要怕，我不是来害你的，绝对不是。我是被派来救你的人，至于被谁派来……你仔细看看这双旧鞋子就知道了。他在南方等着你，只要你一到，他和他的部队就会护卫着你杀回京城。

"你看看现在的情况……我根本不可能出去。"

道士笑了笑，从怀里掏出一粒药丸。他告诉国王，如果直接从大门里走出离开这座小岛当然不可能，这一点派他来这儿的人当然早就想到了。但不是没有办法。办法是，国王含住这粒药丸，不出片刻，就会变成一只鸽子——道士就是变成鸽子才进来的。国王变成一只鸽子，就可以轻而易举地飞离这个小岛，没有谁会注意到他的存在，何况，侍卫和太监里有我们的人，他们都希望老国王能重新掌管这个被他苦心经营的王国。只有他，这个王国才会避免深重的灾难。

"可我……在这半年里，我仔细地回想我的所作所为，"囚禁的国王摇摇头，"不说这个啦。我觉得我自己很是失败。也许我的儿子比我会好一些。"

不会的，你不知道外面发生了什么，你不知道，你的儿子都做了什么。这样，你出去之后再做定夺吧，我只负责我的这部分，就是把你救出去。你总不会甘愿被囚禁在这个荒凉的岛上，这样耗尽你的一生吧？

"当然不。"国王伸出手，抓住道士放在桌面上的药丸。它有种苍翠感，里面仿佛有一道深不见底的深渊。被囚禁的国王张开嘴，但他在将药丸放在口中的那一刻他犹豫了，缩回手来，继续盯着药丸仔细地看。

这时，埋伏于院墙之外的弓箭手们都在屏住呼吸，朝着上方紧张地张望。他们接到的命令是，绝不能让任何一只鸟飞离岛上的天空。

第十八个飞翔故事

你姑姑是一只飞在天上的鸟——我父亲这样说他的妹妹，用那种包含复杂的语气。我父亲的意思是，姑姑总在过着一种"飘在空中"的生活，她不肯落地，也不肯安定。父亲的语气里有不屑也有羡慕，甚至还有骨肉相联的同情，我以为。

姑姑在十九岁的时候就成为了一只鸟，那时她刚刚毕业，从学校回家，在汽车的颠簸中她迅速地发展了自己飞鸟的性质，爱上了那个和自己搭讪并将自己的座位让给她的男人。她向家人说出自己的决定——可以想见的是她必将遭受全家人的围攻，没有人能接受她跟着一个只认识了十几个小时、基本一无所知的男人结婚，这实在是匪夷所思，尤其是我们那样要脸要面的传统家庭。但没有人说服得了我的姑姑，她那么瘦小却又那么坚毅，一个念头生出来就仿佛是在木头里钉入一颗钉子，单凭手的力量实在难以将它拔出。没办法，爷爷将她锁在偏房里，试图让她的想法慢慢生锈，变弱，至少可以让等不到她的男人消失……可是我的这个姑姑却"突然地变成了小鸟，飞走了"。

姑姑并不能变成真正的鸟儿，她也不曾飞走，她是被那个寻她而来的男人从偏房里救走的——后来她的来信中证实了这一点。她说她过得挺好的，尽管那个男人家里很穷，还有一个瘫痪的父亲。"我们已经结婚。如果你们真的像你们说得那样为我好的话，能不能给我寄点钱来。"

关于给不给她寄钱家里暴发了激烈的争执，争来争去也没有结果，然而在姑姑的第二封信中表示她收到了家里的钱，虽然少了些。"山上有许多的鸟儿，它们太吵了。我不止一次看到蛇张大嘴去吞下鸟蛋。苍蝇根本不怕人，它们会叮在衣服上，你伸出手指来赶它们也不走。"第二封信只谈了鸟儿、一种紫色的野果、蛇和苍蝇，没有提到她嫁的男人，也没有提他的父亲。"她是不是和他吵架啦？是不是受了气？是不是想回来？"奶奶很是焦急，她不断地埋怨我的爷爷、父亲和四叔，越说越来气，直到我爷爷把她按在墙角用床柜撞她的头才停下。姑姑的第三封信来了，她说她挺好，一家人都挺好，她正准备要一个孩子，"山里的孩子太皮了。他们的脸色都那么黑，赤着脚跑，好远就能听到他们跑来跑去的声音"。

我们以为她会安顿下来，我们以为，她会生一个或几个孩子，从此成为遥远的山里人，我们以为她会在孩子一两岁的时候返回来探望一下自己的父亲母亲，她在信里也是这么说的。可是，她总没有孩子，也总不回来。我父亲给她写信说要去看看她，已经做出了计划，她却表示"你们不要来，谁也不要来。我这里挺好的，但日子有些寒酸。我不希望你们看见"。接着，她在信里再次谈到山上的鸟儿、吞鸟蛋的蛇和苍蝇们，还提到一种生活在树枝上的蛙。"它们的颜色和树叶一模一样，但它们的眼睛太大了。如果不是大眼睛，你根本发现不了它们。"

我们以为她已经安顿下来，爷爷和奶奶也已经接受她那样的生活，虽然牵挂着，不断地牵挂着，这牵挂让他们的身体都生出了漫长的根须——然而姑姑突然就回来了。她一个人。

没有人知道她遭遇了什么，为什么有了这样的"变故"。她倒是坦然，她说她在那个山村里过得挺好，挺不错，就是累了些，那个男人对她也很好，"我只是对他没有了感觉。没有了感觉，你知道吗，就像你天天和一块木头睡在一起。我受不了自己的下半生交给一块木头。"

离了？

离了。

也就有两三天的疙疙瘩瘩，爷爷和奶奶接受了这样的结果，也不错，要不然她会一直穷下去的，而且也没有孩子。挺好的，就这样吧。奶奶开始为姑姑谋划之后的生活：找一个怎样的工作，嫁一个什么样的人……我父亲真的为姑姑找到了一个乡村教师的工作，虽然是临时的。成为乡村教师的姑姑焕然一新，完全不再是她刚刚回来时的模样。看得出，爷爷和奶奶，还有我的父亲，都为她的变化而高兴。不久，她的爱情也来了。

这一次，她爱上的是一个理发师——在我们的小镇，那时还没有"理发师"这一称谓，我们只叫他们剃头师傅或剃头匠，十几年后我爷爷提及那个男人还称他为"剃头匠"：我的姑姑爱上了那个男人。姑姑的爱从来都具有一种燃烧的性质，之前如此，之后还是如此，几乎没有谁能够抵抗这样的燃烧，何况她的身上还有一些更灼人的东西。这是据我所知我姑姑的第二场轰轰烈烈的恋爱，她再次遭到了全家的反对，原因是，这个剃头匠有自己的妻子并有一个孩子。"你这是做什么！"奶奶用她的手用力地捶打着姑姑的后背，她的背那么坚硬。

　　说它轰轰烈烈并不过分，剃头匠的妻子来找过我的爷爷奶奶，带着她和剃头匠的儿子，这样的事件在小镇里并不多见，它本身就足以沸沸扬扬，何况，我的爷爷还带着我父亲和四叔，以及诸多本姓的人砸毁了剃头匠的理发馆。这，又是一个沸沸扬扬的事件，就连我都能感受到它沸沸扬扬的热度，那一年我才八岁。

　　不过，种种的沸沸扬扬却仿佛与我的姑姑毫无关联，她用一种特别的、"恬不知耻"的方式搬出家门，和剃头匠同居了。"恬不知耻"是我父亲用的词，他一口气说了七遍，但我的姑姑还是恬不知耻地搬走了她的物品。没有什么能阻止她的决心，天塌下来不能，地陷下去不能，就是所有的大山都沉没于海洋也不能。"以后，你再也不要进这个家门。"奶奶哭着追出来，把一双没做好的鞋依次摔向姑姑的后背，"以后，你可别后悔！"

　　五个月后我的姑姑不辞而别，一时间没人知道她的去向。剃头匠跪在门前，哭成了一个泪人儿：她走啦，你们能不能找到她，我不能没有她，我已经什么都没有啦。我为她做了所有的事，可她说对我已经没感觉……我要找到她，求求你们，告诉我她的消息吧。

　　我父亲训斥他，四叔跳出来狠狠地踢他，爷爷甚至挥动了鞭子——但那个剃头匠只是一个劲儿地哭泣，似乎感觉不到疼痛。奶奶出来，她推开我的爷爷，推开我的四叔，竟然拉着那个剃头匠的手哭出声来，但没有人听得清楚她说的是什么。"我这个姐姐，"四叔使劲跺了一下脚，"真拿她没办法。"

我们没有姑姑的消息，很长时间都没有。这个剃头匠后来还来过几次，后来，我四叔成了他的朋友。"要是有了她的消息，我一定会告诉你的。不过你也不要再想着她了，她……她落不下来，她的满脑子都是些什么东西啊。"剃头匠告诉我四叔，为了我的姑姑，他离了婚，抛弃了原来的生活，和自己的父母断绝了关系，重新在县城里租下房子，可是她突然就走了。"我不怪她，无论如何我都不怪她。我没有怪她的理由。"

剃头匠自杀过一次，好在他有了我四叔这个朋友，是我四叔发现的他，将他送到医院。"真是作孽。"饭桌上，四叔斜着眼睛看着我的奶奶，当时他正因为一点家务事与奶奶闹着别扭。"她怎么成了这样一个害人精。"

后来的来信中姑姑辩解，她没有想到这样的后果，也不愿意去想什么后果，她说自己和剃头匠说得清清楚楚，两个人好着的时候、爱着的时候她会奋不顾身，现在她觉得她被耗尽了，于是就选择离开，她不离开，自己就会崩溃掉，那样对理发师也不好。没有任何的好处。最好的解决办法就是，两个人在还有感情的时候分开，偶尔有点牵挂和念想，总比成为仇人要好得多。"我和那个人，就成了仇人。现在想起来真是后悔。"姑姑在信中告知我的父亲和四叔，她现在又有了新的感情，这个人是个商人，她和他是在酒吧里认识的。"他坐在一个角落里，坐得很深，灯光完全打不到他的身上。但就是那时，我注意到了他。他一个人坐着的样子让我心动。"

不会超过半年。我父亲断言，他说我的姑姑就是一种感觉动物，更像是……没头的苍蝇。她根本不考虑以后会怎样，只求一时的痛快。你姑姑是一只飞在天上的鸟——父亲就是在那个时候对我说的，他的语气很复杂。我知道，那时候他和我母亲正在吵架，他甚至在酝酿是否搬出去住。"你们一家人，都是一路的货。"你母亲丢过来一句，她的语气同样复杂。

事情并不像我父亲想得那样，姑姑的恋爱超过了半年，她试图拥有一个自己的孩子，在信中，她向我母亲询问育儿的秘诀——那时候，电脑和网络在乡镇里也已普及，然而姑姑非要写信，她不肯用网络电话也不肯用QQ。在信中，我父亲可能对姑姑说过他的"不超过半年"的预测，所以在半年之后姑姑的来信中第一句就是：我们在一起已经七个月了，一切都好，一切都像刚刚开始那么新鲜。"她是，看上了人家的钱。"父亲有了第二个断语，"要是他没有钱，哼。"然而事情再次表明，我父亲的想法是错误的——

一年之后，姑姑终止了和商人的关系，她从商人的房子里搬了出来，并没带走他的任何东西，她并不在意那些财富——至少在信中她是这样说的："我不能容忍我的身边睡着的是一块木头，我不能接受这样的生活。"

……现在，我的这个姑姑已经五十一岁，她依然过着那种飞鸟一般的生活，从这一点飞到另一点，从这一座城市飞到另一座城市。我们不知道她的归宿，尽管她在慢慢地变老。

第十九个飞翔故事

一个喝醉了酒的父亲在追打他的儿子。儿子一边跑还一边惊恐地回头。

"妈妈",他喊了一声——他没有妈妈了,他妈妈早在半年前离开他们去了南方——醉醺醺的父亲当然听到了儿子的呼喊,这让他更为愤怒。

他抄起一块石子砸在儿子的后背上,然后,加快了速度。

儿子在前面跑,他的呼吸里满是慌恐的气息,池塘边的路人、晒得发干的柳树以及被惊起的小虫都能闻得到。"妈妈,妈妈",他几乎是在哭。

他的声音更让父亲变了脸色,父亲的脚步也挣脱了酒精的纠困,他又拾起了一条小木棍。

池塘。前面依然是池塘，这个孩子已经没有了路。他回头，醉醺醺的父亲带着明显的阴影追上来。"妈妈——"

儿子喊了一声，跳进水池。父亲跑过来时他正在挣扎，正在用力——"回来，你快给我回来！"父亲用了自己最大的气力。

可儿子并没有回头，而是挣扎着朝向更远处：他慌乱的动作就像是一只被狗赶到水里面的鸭子。是的，他在水中变成了一只鸭子，扑腾着扑腾着，仿佛水里面有无数的钩子在拉扯它让它难以飞起。

开始的时候，儿子的叫声还是"妈妈妈妈"，但随着腾空，他的叫声就是"嘎嘎，嘎嘎"——父亲看着他，一只鸭子，朝着远处飞去。

"你……"这时轮到父亲悲伤了。他在池塘边蹲下来，望着远处，突然抽动着肩膀大声地哭泣，那时刻，他就像是个孩子，刚刚被追赶的、走投无路的孩子。

第二十个飞翔故事

一个幼小的神灵运行于水波之上。他急匆匆地赶路，看得出，他对飞翔的技巧还不够熟悉。这时，水流骤然变得湍急，一阵美妙的歌声从礁石的背面传来。

幼小的神灵抵挡不住，他只好默默地跟着水流朝歌声传来的方向飞去。看到他，塞壬们停止了歌唱。"你是谁，你来做什么？"这个幼小的神低下头，向塞壬们行礼，"我是刚刚成为神的一个……我原来的名字叫……"塞壬们用笑声制止了他，"我们不关心你是谁，没关系，来到我们这里的神仙和英雄实在太多了，他们都流连着不肯再走。我想，你也留下来吧，让我们慢慢地了解，这里可是一处让人心醉的福地……"

"不，我必须走，我还有事做。我接受命运的旨意去帮助特洛伊的居民，让他们少受些苦。""可你还这么弱……要知道，参与到战争中的都是奥林匹斯山的大神，你改变不了任何一件事。"

"我知道自己很弱，"幼小的神灵咬了咬自己的嘴唇，"但我必须完成我的使命。哪怕它根本改变不了什么事。"

"你不会走的。"一个塞壬弹起了竖琴，而另一个，则跃到高处跳起曼妙的舞，第三个塞壬则让自己的声音变成另一把竖琴，这个幼小的神闭上眼，伸出两根手指堵住耳朵："请求你们放过我吧。我承认自己很想留下来，但有个声音告诉我不能。"

他继续在海上飞翔，就像是一只海鸥，他加入海鸥的队伍中。海鸥们似乎也把他当成队伍里的一员，把各种飞翔的技能演示给他。突然，一只金色的天鹅挡住了他的路。

"你是谁？你要去哪里？"

气喘吁吁的神灵低下头，向已经现出真形的、高大的神灵说道："尊敬的大神，我是一个刚刚成为神灵的……我原来的名字是……""算啦，"高大的神灵挥了挥手，一排海浪朝着他的胸前涌过来，"我知道啦，虽然我没兴趣知道。我还知道你要去特洛伊，是吧？是我的姐姐派你和我作对的，是吧？"

在海浪的压迫下，那个幼小的神灵显得更为幼小，他的声音变得尖细："尊敬的大神，您是伟大的阿波罗？不，我不是受到您姐姐的遣使，不是。伟大的雅典娜女神可瞧不上我这个小神。我只是……"

"只是什么？"巨大的海浪已经将幼小的神整个罩在了里面，"你根本没有力量和我对抗，我完全可以把你撕成海面上的浪花。我劝你还是回去吧。当然，我也不会让你就这样回去，我会送你一项你求之不得的神力，你还可以享用凡人们敬奉我的某些供品……"

"受人尊敬的伟大的神，您开出的条件实在太优厚了，我几乎拒绝不得。您知道，我的心正在交战。可是，可是……我不能那么眼睁睁地看着特洛伊的居民受苦，虽然我在之前也并不是特洛伊的居民。我，我……"

海浪翻滚着，在小神的面前形成一堵旋转的墙。"你最好接受我的条件。不然，你再向前一步，我就会让你成为瞎子，我不会让你眼睁睁地看见特洛伊城和他的居民的，但你听得见他们的哀号。"

……瞎掉的、幼小的神灵继续运行在海上，他听从自己内心的指引朝着特洛伊的方向飞去，在他周围，是一群沉默的海鸥。突然间，海鸥们尖叫起来。

"你，停下。"小神听见有个洪亮而威严的声音在他前面呼喊。他停下来，低下头向声音的方向鞠躬，"尊敬的大神，向您的力量表达我的敬意。我的眼睛已经瞎了，所以我很冒昧地问您，您是哪一个？"

"海神。"那个声音激起了一排冷冷的海浪，幼小的神灵不禁打了几个冷战。"你马上离开这里，我不会让你到达特洛伊的。在这里，我的命令就是最高命令，我的话就是命运。否则会有你好看。"

幼小的神虽然眼睛瞎了，但从他的眼眶里还是涌出了泪水。"尊敬的、伟大的海神，我知道您的法力，我在还是一个人的时候就已清楚地知道。您的命令让我的身体和心都跟着发抖，您知道我从一个普普通通的人成为这样一个小神是多么地不易……但我内里还有一个声音，在说……"

他看不到怒不可遏的海神。只见海神用力地挥动他的三叉戟，幼小的神的话语被打断了，他被海神的力量击成小小的碎片。

这些碎片，就像是落下的羽毛，或者比羽毛更轻。

海鸥们驮着它们，没有重量的它们，朝着特洛伊的方向飞去。这时，它们已经能够听到来自特洛伊的哭喊，以及燃烧的烟。

第二十一个飞翔故事

　　尤利安做过一个奇怪而清晰的梦，他梦见自己飞行于水上然后一直飞过了山顶，在那里阳光灿烂得让人睁不开眼睛，但他感到的却是"舒适感"，一种从未有过的舒适瞬间笼罩了他的全身。这时，光芒中的众神之神宙斯向他现身，并把自己的手放在了尤利安的头部——激动不已的尤利安哭泣起来。

　　从这个奇怪而清晰的梦中醒来，正在行军中的尤利安决定接受君士坦提乌斯使臣的加冕，也就是在那个时刻，尤利安将军才正式成为了尤利安王。也就是在那之后，尤利安王出奇地"爱上了飞翔"。

　　他在自己的王宫里建立了一座巨大的"鸟巢"，有三座宫殿的面积。尤利安王叫人从西波斯、马其顿、巴比伦以及卡普里岛购买各种鸟蛋，由七个犹太人负责为他孵化——他们当然尽心竭力，即使如此还是会有一些鸟蛋无法变出一只鸟来。不过，能够被孵出的鸟已经足够神奇，它们携带着刚刚长成的五彩的羽毛围着犹太人的食槽争食，一旦被人惊扰，它们就会色彩斑斓地飞起来，看上去就像一片片急促的云——充当惊扰者的往往是尤利安王，他每次到来总是先躲在一旁，然后令人向食槽内倒入食物……

他还命令大臣、侍卫们为他推荐能工巧匠，为他建造"能够飞翔的器械"：木质的、羽毛的、钢铁的都行，只要能飞起来就行。"你们，都听说过伟大的匠人代达罗斯吧？他被困在国王的迷宫里，却用鸟的羽毛、蜡和树枝造出了翅膀……我相信，我们的工匠也能。"

先后有数千名工匠被招至尤利安王的城堡，负责为他建造"飞翔的用具"。他们制造了有翅膀的车辆，据说是按照阿波罗的太阳车设计的，可是这辆非常非常漂亮的车却始终未能飞离地面，最后它不得不被安置在底格里斯河一侧的阿波罗神庙里，和阿波罗的神像放置在一起。他们还制造了一种有长长的背鳍、能够钻入水中的"飞鱼船"，它的灵感来自海里的飞鱼同时也来自尤利安王的梦，因为他曾梦见自己飞行于水面上——然而这条蓝色的飞鱼却在下海的三分钟内便沉入了水底，同时沉入水底的还有四名负责建造"飞鱼船"的工匠。工匠们还设计了一种巨大的投射器，制造了翅膀并粘有羽毛的鸟形飞车作为投射的"石弹"投向远处——可以想见，承受着那么大的惯性和冲力的鸟形飞车在落向地面的时候会粉身碎骨：目睹了此景的尤利安王异常愤怒，决定处死负责工程事务的大臣，同时被处死的还有十一名工匠，因为他们也参与了这一制造。

他们制造了木质的飞龙，他们制造了用鳄鱼的骨制成的"咬鸟"，他们制造了有旋转的桨叶的"胖子甲壳虫"，他们制造了……然而结果都让人懊丧：没有一种"工具"能够飞起来，更不用说飞行于水上了。

多年之后，终于，七个工匠合力"发明"了一种能够飞起来的"工具"，它的原理很接近时下使用的那种"热气球"，不过它没有可以控制上升与下降的"加热器"：它的加热装置是装在铁桶里的木炭，只能一次性使用——

它，完成了尤利安王任务的前一半，这个名叫"加利加利"的飞行装置是真的能够飞起来的；但它无法做到尤利安王任务的后一半，这个飞行装置没有平安着陆的可能，迎接它的只能是飘到一个不可预知的高处，然后坠毁。这个飞行装置当然不能使尤利安王满意，但是它却有着其他用处——很快，尤利安王就爱上了这个用处。

它的用处是：凡是尤利安王所不喜的大臣、帝国的叛徒、名声显赫的被俘者，让尤利安王感觉愤怒的、不贞的王妃或者是什么人，都可以用"加利加利"将他送到一个陌生的或莫名的去处——没有人知道它会飘出多远，最终在什么地方坠落。尤利安王迷恋的是不确定性，他觉得这种惩罚远比把某个人绑在什么地方杀死、用石头砸死、钉在十字架上晒死，然后再将尸体埋藏起来更有威慑力一些，也更不确定一些。"也许，伟大的宙斯会在你飘到天空中的时候为你松绑，那样，我会接受他的安排，解除对你的所有惩罚，并重新安置好你的去处。后面的事，就交给伟大的宙斯来确定吧！"

是的，尤利安王迷恋上了这种不确定的惩罚，这种飞在天空之上的惩罚：他命令工匠们全力以赴赶制"加利加利"，他需要它们，他需要更多的它们。一个有偏见的基督教作家在他的笔记中说："这个有着奇怪的歪脖子、身体前倾、时不时抖动双肩、眼神粗野、走路摇摇晃晃、说话结结巴巴"的大个子国王，真的是迷恋上了"加利加利惩罚"，自从有了"加利加利"之后，尤利安王变得残暴起来，他每天都在使用"加利加利"，每天都在催促："快，还有那么多人需要交给加利加利，你们的懈怠已经影响到我的判决……"一时间，尤利安王身边的大臣、王妃、侍卫和工匠无不提心吊胆，他们不知道哪一个"加利加利"会带走自己，飘移到什么地方才能落下。

公元363年4月，尤利安王开始一场规模并不大的征讨，带领自己的兵马进入波斯。按照他的预计这样的征讨最多用时三个月而且能一直打到他所陌生的"远处"——然而事与愿违，战事并不顺利，尽管他有充足的兵力和粮草，却在底格里斯河的右岸陷入了困境。"加利加利"也无法恐吓住毫无斗志的将领，他们败下阵来，于6月份退回到犹太人控制着的耶路撒冷。在萨马拉，尤利安又做了一个奇怪而清晰的梦，他梦见自己飞行于水上然后一直升过了山顶，在那里阴云密布电闪雷鸣，让他感觉自己在不停地战栗。这时，阴云散开，众神之神宙斯向他现身，并把自己的手放在了尤利安的头部——激动不已的尤利安哭泣起来。他百感交集。他忽然想起自己五岁的时候，君士坦提乌斯命人杀死了自己的父亲母亲——那个场景，竟然在梦中出现，竟然是那样地清晰、真切：要知道，杀人的时候他并不在现场，而是被君士坦提乌斯接进了王宫。可梦中，他仿佛是一个在场者，只是宙斯阻挡了别人发现他。

尤利安百感交集。他叫人从河里打来冷水，洗去他眼睛里的眼泪，正准备吃掉刚准备好的早餐的时候忽然有士兵来报，说附近的树林里发现一小股行踪可疑的敌人，不知道是阿拉伯士兵还是反对他的基督徒。"走，我们去看看"，尤利安王走出房间后又返回来，看了一眼自己的早餐又走出了房间。

只是一次很小的冲突，而尤利安王的部队占有明显的优势。尤利安王冲过去，奇怪的是他的军士们竟然给自己的国王让出了一条通道，让他径直冲到了敌人的面前：慌乱中，他们谁也没想到要为国王抵挡。

一位士兵的长矛轻易地刺进了国王的身体。据说尤利安王试图将长矛拔出来，却因此扯断了自己的手筋。据说，同样是那位有着强烈偏见的基督教作家写道："尤利安王的最后遗言是：'你征服我了，加利利人。'"

这句遗言并不可信，它本身即带有偏见的性质。有时，偏见会……我们不谈偏见的问题。

好吧，接下来继续说尤利安王。在他失血过多、陷入昏迷之前，他的卫队长下令将最后的"加利加利"运送到国王的身边，点燃了木炭：尤利安王是最后一个被"加利加利"这种飞行装置带到空中去的人，他消失在不确定之中，慢慢地缩成了一个微小的点。

第二十二个飞翔故事

　　"从那些有过濒死经验的人的叙述中我们可以看到，似乎确有灵魂的存在，它会在人进入到死亡（有时是种'假死'）时从自己的身体中飞出来，慢慢上升，一般而言它只会上升到房间的天花板的位置，看到明晃晃的灯。

　　"它会看到医生和护士的忙碌，看到家人们悲戚的面容。它也会看到自己，那个自己其实已经是尸体般的存在。有些灵魂会走得更远，这个远既是距离上的也是时间上的：它会走到一条由光铺就的道路上去——越走越远，但却没有尽头。这时，如果不是某种的'意外'，灵魂也许会一去不返。

　　"而所谓的'意外'，就我所搜集到的资料，往往是'被呼唤'，被家人或者医生喊出名字，而灵魂听到了。在我所搜集的 340 份资料中，75% 的有过濒死经验的人这样叙述。而另外的'意外'，则出于牵挂、重击或者灵魂自己感觉到悲痛。而这其中感觉遭受重击的人不足 2%。

"由此可见，医生或者家人的'呼唤'是把某些濒死的人从死亡中重新拉回的重要原因。再加上出于对家人或某些事物的牵挂……似乎可以部分地认为，当灵魂感觉自己仍被需要的时候，它们才更有重新回到人世间的可能。"

麻醉师简方明在他的记事本中平静地写着，在写到"呼唤"的时候，他突然感觉自己的胸口仿佛被什么东西按了一下，并不重，并且飞快地松开了。"灵魂？"他笑了笑。说实话他并不信什么灵魂说，而之所以做这项"研究"完全是出于……"无聊。减压。让自己从工作中小有解脱。胡思乱想的需要。游戏的需要。不那么正经地完成些什么的需要。以及……"这样一想，原因其实挺复杂的。简方明使用删除键将自己刚刚敲上去的原因一一删除，然后，重新回到他原来的记述之中。"重击，属于外力，物理性的，有这类经验的往往是患有心脏疾病或心脏机能受损的病人，电击或者人力的按压可以使他的心脏恢复工作，而非心脏类疾病濒死的人则没有这样的经验。"

"几乎所有的有过濒死经验的人都在灵魂出离身体飞到高处的时候见到了夺目的强光。他们会上升，融进那种强烈的、白色的光里去。还没有一个人说他进入的是黑暗，即使他的濒死时刻是在深夜。为什么是光？这光从何而来？这是一个需要细细追问的问题。灵魂所看见的这种光应当不是自然界的可见光，吉尔福德对此的论断经不起推敲，有些例证明显在他谈及的范围之外。这种光，从自觉的角度它似乎是灵魂的自带，不过它能用多久会慢慢黯淡、消失则不得而知。所有濒死的又回到生命的人都不会把光耗尽，这种光在什么时间耗完只能有已经死亡的灵魂做出解答——可它们是不会说的。

"我还注意到一点：所有'飞翔在空中'的灵魂都没有谈及过疼痛，窒息或者什么的，哪怕它们的身体在前一刻还在经受这些。它们没有痛感和属于肉体的种种不适。多数的（91%左右）有过濒死经验的人谈到，他在上升到房间屋顶的高度的时候，望着下面的忙碌和亲人们的悲戚，完全没有悲痛感和恐惧感，12%的人甚至有某种的欣喜。他完全像是在看一件与已毫无关联的事件。

"在灵魂出窍、独立于肉体的那一刻，它的情感因质似乎被截然斩断了。这种斩断使得灵魂不背负重量，才得以上升和飞翔。它似乎是在提示，牵挂、疼痛、悲哀等等情感是'灵魂的负重'，它会把灵魂下拉，而欣喜则不是。欣喜是由灵魂在出窍的时分'自己'的感受，它不是从身体中带出的。好吧，它似乎是在提示，出窍之后的灵魂是一个全新的状态，它一旦离开就会蜕掉旧壳。之所以'呼唤'和牵挂会起作用，是因为灵魂没有完全地蜕掉旧壳。所以，旧壳又重新拉回了它。"

写到这里，麻醉师简方明又一次感觉自己的胸口仿佛被什么东西按了一下，并不重，并且飞快地松开了。他望着窗外。阳光明媚，两只鸽子飞过了医院办公楼的屋顶，朝着远处飞去。

他想起，三个月前，他拉着妻子的手，看着她，平静地走进自己的死亡。她是否有过类似的濒死经验？如果自己呼唤一声，两声，结果会是如何？

第二十三个飞翔故事

　　他说，我梦见你了。我梦见，你刚从一栋看不清高度的大楼里出来，努力显得坚强、高傲，但我能看出你的摇晃。你伸手打车。突然间，就下起了雨。

　　他说，你打不到车。没有车也没有人。只有雨，越来越大，越来越暗。

　　他说，我也不知道怎么就梦到了这样一个情景……我竟然还很着急。可我被阻隔在雨的那边，没有翅膀飞不过去。

　　他说，我怎么会做这样的梦呢？醒来后我就想，可我想不清楚。你知道吗，你在梦里显得太……太无助了。我不知道怎么能帮到你，我心里那个急啊。

　　他说，现在，我也不知道怎样才能帮到你。我无能。

我一直感觉自己是个无用的人，一直是。我其实是知道的，可是……我觉得我给不了你什么，所以——

他说，在更早之前，我还梦见过你一次。是一个酒会。你处在核心。是的，你处在核心。可是，我梦见的却是你在哭泣，所有的人，都在旁观着你的哭泣。

他说，我梦见我就在酒会上。我想推开那些旁观的人，走近你，可是他们根本推不开，就像流水一样，我推开的缝隙马上就会合拢。我想叫你，可是我发不出任何的声音来。是的，就是这样的梦。

他说，我在这段时间里梦见过你两次。就这两次，都是这样的……梦。

他说，我也不知道为什么。我从来没有想到过你会——真的，我很仔细地往回想，我发现我从来没有设想过你会在众人面前哭泣，也从来没有设想过你会淋雨，打不到车……我没这样设想过。

他说，我觉得你应当好，应当过得好。我可不想你有什么倒霉的……

他说，要知道你会遭遇到这事儿，会这样……我应该早回来的。我宁愿这样的事发生在我的身上。我会让自己插上翅膀飞回来，把你推开——

她终于醒来。她一醒来，就看见了站在床边的他。

她说，我梦见你了。我梦见，我从一栋看不清高度的大楼里走出来，外面下起了雨。

她说，雨很大。但我不想回去，我不知道在梦里自己怎么会那么决绝。我对自己说，就是感冒了，就是发烧我也不回去，绝不！仿佛那栋大楼里住着魔鬼似的。可我想不起发生了什么，自己是怎么从那里出来的。

她说，我很无助。没有一辆车在雨中停下，我伸着手，自己都觉得可笑。就在这时，我梦见你了。我梦见，你像超人那样，披着一条灰色的风衣，从远处飞了过来。见到你飞过来的那一刻，你知道我有多欣喜吗！我冲着你招手，呼喊着，可你似乎并没有听见。

她说，我梦见，你朝着另外的方向飞去了。就在我绝望的时候，你回了一下头。

她说，你看见我了吗？我不知道。因为，梦在这个时候醒了。

她说，我还梦见过你。我梦见，我非常非常地伤心、懊恼，具体的原因是什么记不清了，但伤心的感觉我却记得清楚。而且，我觉得自己很丢脸。

因为，我是在一个酒会上，旁若无人地哭泣起来的。

她说，我真想找个地缝钻下去，真的，我不想在众人面前那样，可是我控制不住。我哭着，突然发现你也在，用一种奇怪的表情看着我，就像看一个陌生人一样。你这么看我，我就哭得更伤心了。

她说，就在刚才，我还梦见了你一次。我梦见自己的身体莫名其妙地飞起来，我自己也不知道它会飘到哪里去——它飘飘荡荡，完全不受我的控制。我被自己吓到了。好在，这时，你抓住了我的手。

她说，就像刚才那样。

她说，我的心，才算落回到肚子里。

第二十四个飞翔故事

一个很古老的故事。因为年代久远的缘故，我只好依靠故纸堆中的只言片语来复原它，需要声明的是，因为记述的相关文字太少，我写下的这些可能和事实小有出入。故事发生在汉代，元狩四年，也就是公元前 119 年——那一年，爆发了一场汉人与匈奴人的惨烈战争。

这里要说的是，霍去病的一支三百人的部队。他们随着大军出代郡，一路奔袭，行走了大约两千公里的路程——在漠北的一场战斗中，他们被冲散，等这些大汉的军人在几天后赶到集合地点，三百人仅剩下一百余人，以及七十几匹马。粮草的问题还不是大问题，最大的问题是：他们和主力部队失去了联系。

主力部队去了哪儿？战士们众说纷纭，他们指出了七八个方向，第二天，这七八个方向又变成了十几个、二十几个。几位将领协商了许久，他们决定，继续向狼居胥山的方向，在出发前霍去病将军曾反复地提醒，要尽可能地打到那里去——对，去狼居胥山！

这一去，就是一个多月的时间。问题是，一路上他们没有打听到任何关于汉军的消息；问题是，他们走出了一个多月，竟然依然没有走近狼居胥山——或许，他们在草原上就迷路了；或许，他们在进入沙漠的时候迷路了，越走越远。

没有了粮食。没有了草料——尽管已是初夏，但他们到达的地方竟然异常寒冷，只有零星的草芽冒出，远看似有近却无……他们宰杀了累倒的或病倒的马，然而这些完全是杯水车薪。一些将士病倒，病死，将军命令要想尽一切办法将他们的尸骨带回：这并不是一件容易的事但他们做到了。战士中有一位懂些巫术的医师，他使用一种草药，涂在尸体的身上，并念动咒语：那些干瘪的尸体慢慢缩小，变得只有西瓜大小，它们垂在马背上，有时会在颠簸中相互碰撞，发出铜器的声响。

路上，他们也曾遭遇过一小股的匈奴人，或者别的什么人：这使他们获得一些短暂的补充，依然是杯水车薪，一个多月的时间里他们一直被饥饿感折磨着，一个多月的时间，他们已经失去了旧日的体形，而变得骨瘦如柴，只有眼睛似乎变得更大。夏日来临，他们的境遇好了一点点，但这个时候将士们的怨声越来越重，这是自然的事：他们既没有走到狼居胥山，也没有再与大部队相遇。偶尔，某位将军会宣布大汉军队战胜匈奴的消息，但他根本说不出消息的来源。后来他们也不再重复这样的话题：没有人信，他们自己也不信。尽管历史上确实是那样写的，汉军大胜，此战之后匈奴失去了漠北的王庭——但这支部队并不知道。如果在那个时候某个人将这个真实的消息告知他们，他们也一定认为这不过是个谎言，自欺欺人而已。

夏日。这支部队还有七十余人，十几匹马——本来还有更多的马，包括他们从匈奴人手上抢到的，然而饥饿首先波及的是马匹的生存。将领们最终商定，不再向狼居胥的方向奔波，而是返回，无论返回之后迎接他们的是什么。活着的将领，要首先承担决策的责任。这个命令在宣布的时候引起一片沸腾，短暂的沸腾之后便是长久的抽泣之声——他们盼这个命令盼得太久了。

也许，只有这支深入到大漠中停留了数十天的部队明白所谓"归心似箭"的真切含义，他们每个人都是如此，每个人，包括那些忐忑的将领。这个命令，甚至为病中的几位老兵也注入了活力，他们有的站了起来，而有一个本已病入膏肓的战士，竟然在返回的途中痊愈，他主动承担了牵着挂有尸体的马的工作，要知道这是一件累人的活儿。回家，这个念头简直就像一团团的火焰。

他们走过山谷，走过幽暗的树林，走过一望无际的沙海，远远望去，他们就像沙漠中轻微移动的沙子。

他们走在日出和日落之间。他们在寒冷的夜晚点起小小的火堆，守夜的士兵一点儿也不敢大意。其间，一支匈奴的部队包围过他们，也不知是怎样的力量竟然使他们成功突围，付出的却是极小的代价。他们走着，用大脑、心脏和脚趾来猜测：距离代郡还有几天的路程，距离长安还有几天的路程，然而……

他们的猜测或者说计算其实是错误的。代郡，长安，远比他们想象得遥远。故纸中没有谁谈及他们是不是又一次迷路，但我猜测，是的。他们被自己的感觉和幻觉所欺骗，又一次失掉了方向。走着，走着，他们又来到了一个沙海的边缘，这个沙海，似乎比他们走出去的那个沙海更大，更加无边无际。

只有四十余人，三匹马。而这三匹马，在踏到沙海边缘的那一刻，竟然一起倒在了地上。

将军命令，杀掉这三匹马，还算健壮的将士们背起尸体，他自己，要背两具。"我们不能丢下他们。我们要，让每一个出生入死的将士的骸骨，返回到他的家乡——如果我们有机会活着回去的话。"

那一天，他们吃上了马肉，并且没有人对食物的量进行限制。然而他们都吃得很少。然而，他们在吃马肉的时候没有一点兴奋与欢乐，多数的战士吃得泪水涟涟。

……他们在沙漠中走了多久没有记载，那个时候，只有他们知道自己的存在，就像沙漠里的沙子那样。不知道过了多长的时间——是的，不知道。他们一个个倒下，他们其实在进入沙漠的那日就已清楚没有了返回家乡的机会，但那个念头在，一直在，他们就跟着那个念头一路走着。直到……将军找到那个医师，当着所有人的面，提出了他的要求：我要求，在我们还有一口气的时候吃下你的药，涂上你的药，把我们缩小了吧，但愿大风能将我们的尸体给吹回去。

他们涂上了药剂，他们吃掉了药剂。是的，我们猜得到结果。那个医师是最后一个，他念动着咒语，眼看着自己的身体在慢慢变小，却感觉不到一点儿的疼痛。

数日之后——书上的记载采取的就是这样的模糊性，双重的模糊性——"数日之后"是模糊的，死亡时间也是模糊的。数日之后，这些在沙漠中被阳光灼晒得发黑的尸体，一个个像西瓜那样大小、也像西瓜那样的形状的尸体，竟然一一裂开：从里面钻出的是一只只暗黑色的鸟。它们通身黝黑，只有眼睛是红色的。

这些鸟，叫着"回家"，一起飞上了天空。

在一本没有作者名字、被称为《旧史稗存》的古书中写道，这些鸟名叫"归寒"，形体有些像乌鸦。它们是秋天里最后一批飞向南方的鸟，一路上，它们叫着"回家，回家"，声音极为凄切。许多的老妇人，听见归寒的叫声就会禁不住落下泪来——她们会不自禁地想起自己的儿子、丈夫，或者兄弟。这么多年了，他们还是音信皆无，不知道是活着还是已经死去。

第二十五个飞翔故事

我们记得非常清楚：那个下午，世纪酒楼的大钟指向四点二十，一群咕咕咕咕的鸽子飞过之后，天使出现了。

它从城市的东南方缓缓飘来。在我印象中，它和白色的云朵混在了一起，是渐渐清晰起来的。若不是一个电业工人的发现，我们也许会忽略掉它的存在，只会将它的经过当成是一朵穿裤子的云，仅此而已。毕竟那个时间我们都满腹心事，昏昏欲睡，我们更多地将注意力放在了脚上，鞋子上，红绿灯上，对面的美人身上，房价和股市上——"啊，啊啊！"那个电业工人大声地叫起来，他蹲在路灯高高的电线杆上，手努力伸着，就像是一只受到惊吓的乌鸦。顺着他手指的方向，四十五度，以及一段后来被报纸弄得扑朔迷离的距离，天使出现了。

《飞过上空的天使》。在我的一篇旧小说中曾这样写道。我向你保证，我说的是真的，它在我的城市里确确实实地发生过。

天使的飞过引发了一系列的轰动和骚乱，即使在天使飞过之后也是如此，甚至可以说，天使飞过之后的轰动和骚乱才是真正的轰动和骚乱：他们争论天使的存在，飞天的存在，菩萨的存在，当日云朵的存在和天色中几种颜色的存在，并上升到真理和民族情感的高度；天使的出现使 A 城成为全世界瞩目的地方，一时间，坐落于 A 城的大大小小的寺庙、教堂、祠堂甚至会馆都香火极盛，虔诚的和不虔诚的人们络绎不绝，人们的呼吸和点燃的香火使 A 城的气温与历史同期相比高了十二度。升高的气温带动了饮料生产业、冰柜冰箱生产业、空调电扇生产业，带动了遮阳伞生产业、防晒霜生产业、饮食业。要知道 A 城的旅游因为缺少景点一直显得低迷，市旅游局一直租房办公，常为买个电扇买瓶墨水打十几份报告，而天使出现之后，市旅游局在半年内便盖起了 A 城最高的办公大楼，据说里面是清一色的德国设备……当然，天使的出现也使 A 城一时间流言四起，越来越耸人听闻，有地震说、火灾说、世界末日说、见龙在田说、文曲星升天说……A 城政府的那位女发言人不得不频频出现，出来辟谣。然而收效平平，流言还在，甚至有时会愈演愈烈，直到它被事实击破或者另一个流言开始传播，人们才会把它忘却。

许多的 A 城居民，许多的头和眼睛，许多玻璃和玻璃后面的脸，许多望远镜、近视镜、老花镜、夜视镜、墨镜，许多摄影机、照相机、手机都看见了天使的飞过。我们从各自的角度出发向他人，向媒体，向各大研究机构和考察团诉说我们所看见的天使，说法各异，多得让我们都感到惊讶。就以天使的翅膀为例，有人说它是白色的，也有人说它金黄、暗褐、大红、淡蓝，并有各自的照片为证，即使没有拍到照片的也信誓旦旦，说自己在维护"良知"和"真相"，其他的均是在篡改，有人以照片为证，说天使的翅膀像天鹅的翅膀，另一些人则依据另外的照片判定天使的翅膀像秃鹫的翅膀，在经过一系列的争吵之后，A 城、C 城分别成立了"天鹅派"和"秃鹫派"，两派制订了各自的行动纲领、服装要求和不同徽章，如果不是政府行动及时，两派很可能会发展壮大，引发暴力事件。这并非耸人听闻，多年之后，"天鹅"和"秃鹫"之争蔓延到 Q 国，强硬的"秃鹫派"，Q 国陆军总司令发动军事政变，囚禁了属于"天鹅派"的 Q 国总统，"天鹅派"的支持者在游行示威中和军方发生激烈冲突，造成上千人的死伤。栖息于 Q 国的几十只天鹅也先后遭到了屠杀。后来发动政变的Q国总司令的弟弟和女儿在一次集会中被枪杀，凶手供认，他属于"天鹅派"。

多年之后，那个爬到路灯杆上维修路灯的电工也成了英雄，是他第一个发现了天使并指给了我们（当然，据说在他之前有一个中年女人和一个在街上遛弯儿的老头也看见了天使，三个人的名誉权官司也打了几年，最高法院最终裁定，老头和中年女人证据不足，不予采信。然而民间的、网络上的论争远未结束）。

……在这里，我要说的不是这些，而是我的朋友、发明家夏冈，以及他的悲惨生活：在我写下《飞过上空的天使》的时候，他就已经住进了疯人院，而现在距离那时又过去七个年头。他住在疯人院，大脑里那些疯狂的"发明"的想法却还在不断地折磨着他，而他的发明一旦付诸实施……好在疯人院里不止是他一个人，其他的病人时不时会靠近他，把他辛辛苦苦的发明破坏掉——尽管多数的时候那些人是出于"好心"，是想为他提供帮助。每次，我的朋友、发明家夏冈的"发明"被破坏掉，他就会变得极为暴躁，用头去撞一切阻挡在他面前的事物：门、墙、站在前面的人或者柱子、刚刚放进了金鱼的鱼缸——没有人能阻止他在那一时刻的疯狂，药物不能，绳索不能，木棍不能，甚至上帝也不能。

至于天使和夏冈的关系……我在《飞过上空的天使》中已经交代，这个"天使"就是夏冈的一次发明，不那么疯狂的发明，是的，他的其他发明都比这个发明疯狂得多！我还先后写过两篇《夏冈的发明》，你看看那里的他和他的疯狂！夏冈，是一个天才，魔鬼式的天才，我们这样叫他多了，他就想"创造"一个天使给我们看，于是，便有了"飞过上空的天使"。

那时，他还没有住进疯人院。

去年的这个时候我和夏冈的那些朋友前去探望他，他已经认不出我们来，而说实话我们也没有能够认出他来。他完全地……变了一个样子。在他的面前，我们回忆起我们一起玩耍的旧日子，宽叶蓉甚至从她的皮包里掏出了夏冈在发明的图纸上使用的图钉——"你还记得它吧？你说，你有一个疯狂的庞大的计划……"夏冈面无表情。诗人南岛背诵了一首他多年之前写给夏冈的诗，终于获得了升迁的麦雷则回忆起他在南岛居住的地下室里做过的傻事儿……夏冈依然无动于衷。他似乎把过去忘得一干二净了。

只有，当我们叫他"魔鬼"，谈起他所发明的天使的时候他的眼珠儿才开始活动。当我们谈论起"天使飞过"在 A 城所造成的轰动和骚乱时，夏冈突然地跳起来，"啊啊啊"地叫着，从床下的一个隐秘角落里掏出一个遥控器，使劲地按着，然后指向窗外——我们转过身去，八只眼睛一起在天空中搜索，然而天使并没有再次出现。

"啊啊啊，啊啊啊……"夏冈使劲地跳着，他的脸色通红。我看到，他手里的旧式遥控器早就遭到了损坏，应该放入电池的部位敞开着，里面根本没有电池。可就在这时，疯狂的夏冈竟然飞了起来，他的头重重地撞在天花板上。

第二十六个飞翔故事

有一个人，从很小的时候就迷恋上了飞翔。他热爱一切和飞翔相关的事物，譬如鸟的羽毛、昆虫的翅膀、巫师的扫把、阿拉伯的飞毯、某条龙的鳞片（向他兜售那两片透明鳞片的人信誓旦旦，他将信将疑，但最终还是买了下来），或者某些绘有翅膀、云朵、行驶在天空中的太阳车、天马等图案的器物——只要有机会，有能力，他一定会将它们买下来，放在自己的家中。于是，在他房间里、院子里的每个角落，都被"飞翔"所充满，你每前进一步都会与"飞翔"发生触碰，即使你躲过了头顶也躲不开脚下。院子里的石阶、石板路均是由鸟或古代昆虫的化石构成，仅有两块石阶有所不同，它是鱼的化石，被铺在通向水池的地方。但如果你仔细观察就会发现，那两条鱼，极像海里面能够跃出水面很久的"飞鱼"——是的，它们是飞鱼的祖先，也有同样的"飞翔"本领。屋子里面则更不用说了，地板或地毯上，尽是云朵和飞翔的图案，且不说堆在角落里的鸟的标本。

他喜欢各类的飞翔，包括马戏团里空中飞人的表演，包括童话里、小说中的飞翔故事……如果和他交谈，不出三句，他一定会将话题引向"飞翔"并且一直兴致勃勃地言说下去。就连一向纵容他的母亲都说，他一张嘴，说出的话简直就是一张织不完的飞毯，你好不容易才能岔开话题。不出三两句，这张飞毯又会兜头盖脸地罩下来，让你再也扯不开。"他，也许是鸟儿转世来的。也怪我，在怀着他的时候吃过三只大雁。"

没有人怀疑他的身体里住着一只鸟儿，没有人怀疑，他的前生或许就是一只大雁。为了让自己能够飞翔，他先后为自己制造过不计其数的翅膀，当然在这不计其数中没有一次能够让他真正地飞起来；为了让自己能够飞翔，他曾把马戏团里表演"空中飞人"的演员请进自己的家里，向他们请教"飞人"的空中技巧，并将它们一起记在笔记本上。为了让自己能够飞翔，他甚至四处向人打探，能够驱动扫把、飞毯和羽毛的咒语是什么，只要能让他飞起来，哪怕只有一次，他也会为此不惜代价。

但是没有。没有人出售这样的咒语。不过，因为他的打探，一些江湖术士找上门来，于是他获得了许许多多写在黄纸上的"符咒"——按照术士们的要求，他在午夜时分将符咒拿出，点燃，喷上两口黄酒。就像他的那些不计其数的翅膀一样，黄纸上的"符咒"也没有让他实现自己的飞翔梦。

这一日。他在灯下阅读一本名为《遁甲术要》的书，突然灯光闪了三下，然后陷入黑暗。正在他惊异的时候灯再次亮起来，他的面前出现了一个白胡须的道士。

"你的事，我早听说了。"道士用他的拂尘扫了一下，角落里，一只黄雀的标本突然活了起来，它扑闪着翅膀飞到桌子上，然后飞到道士的手上。"你，真的是想飞起来？"

"是是是，当然，"那个人的眼睛都绿了，他几乎要给道士跪下去，"我想，当然想，天天都在想。请法师帮我……"

道士伸直了他的手，那只黄雀叫了两声，飞回到角落里。它又是一个标本了，不过，它的眼睛却是一闪一闪。"你想好了吗？我怀疑，你是另一个叶公，并不喜欢真正的龙。"

"不不不，我和他不一样，我向你发誓！我自己清楚，我绝对不会是叶公。"

“好吧。不过，你的飞翔只能有这一次，而且你不能和任何人说出有过这样的经历。你先要答应我。而且，你在飞翔的时候不能反悔——反悔是没有用处的，那时候我也帮不到你什么。你必须想好了。”“不用想，不用想，”那个人头摇得飞快，“我从很小的时候就想好啦，我知道我要的是什么。大师，你快点帮我吧！我想最好能让我飞得时间长一点儿……”

　　那个人真的飞上了天空。

　　风很大，很凉，他试图抓住身侧的树，但在他伸出手去的时候树已经被甩在了很远的下面；他试图抓住身侧的云朵，但那些云朵一抓就散。上升还在继续，那个人感觉自己的骨头几乎都在裂开，咯咯咯咯地响着，脚下的山峦、河流都在变小——而它们还在继续地小下去。“不，”那个人只好闭上眼，他感觉自己就如同一粒被风吹起的沙子，被风里面的其他沙子反复蹂躏，“不”，他咬着牙，用仅有的力气来提醒自己你不能反悔，反悔也是没用的，你不能反悔，一定一定，可是，他的双腿和心脏早已不听使唤……

　　“我不是叶公，”那个人对自己说着，他的眼睛里竟然满是泪水。“我是真的喜欢飞翔……可是，那个可恶的道士，竟然用这种方式来摧毁我……我只要和鸟飞得一样高就好，可是他……”

第二十七个飞翔故事

1953 年，在休斯敦长大的唐纳德·巴塞尔姆（Donald Barthelme）还不是一个作家，"作家"的那部分因子还处在一种休眠状态中，"就像被放在冰水中的一些绿豆，"唐纳德·巴塞尔姆说道，"还是一种浑浊的冰水，你甚至看不到有绿豆的存在。"他试图成为一名建筑师，就像他父亲那样；他也短暂地担任过《休斯敦邮报》的记者。但当时他是一个军人，在准备着战争的部队服役。

他当时是一个军人，练习着……唐纳德·巴塞尔姆似乎不想告诉我们他在那段时间里经历了什么，在采访中他自己谈及那段时光时用的属于修饰的词是"匮乏"。"你大约不会理解那种匮乏……匮乏到你都怀疑自己的手指、自己的鼻子是否属于自己，嗯，是本质论意义上的匮乏。你觉得自己只是一些可以移动的、怎么也组合不到一起的碎片。是的,碎片。我注定要与混合物、杂七杂八打交道,它们排除悲剧,悲剧需要纯净的文字。"

没错儿:他在准备着战争的部队服役,这一点唐纳德·巴塞尔姆是明白的,报纸上反复报道着战争的消息,每一条消息都在指向它物理性质的表面,而作为军人唐纳德·巴塞尔姆自以为知道得更深一些。这一日,唐纳德·巴塞尔姆接到命令:他所在的部队要在两天后出发,前往遥远的朝鲜。那里,现在是战场。

……略过唐纳德·巴塞尔姆得知这一消息时的内心反应,在访谈和有关他的传记中唐纳德·巴塞尔姆没有提供。同时也略过他和家人的告别,以及他为此的准备,这没什么可说的,"减少、简单、集中,一直是我父亲的信条。我也是。"唐纳德·巴塞尔姆谈道。好吧,那就让我们减少、简单、集中,把故事集中在他乘上飞机离开美国,飞至太平洋的那段时间里。

颠簸。空气一直都有抖动,然而并不跟着抖动的是一股从军用胶鞋里散发出来的、黏稠的浑浊气味,它直接塞入每一个人的鼻孔。唐纳德·巴塞尔姆觉得自己的鼻子只有一小半儿是通的,另外的部分似乎正在感冒,有一些火辣辣的感觉。在他左侧，吉米·克罗斯一直在翻看一位叫马莎的姑娘的来信，需要说明的是它并不是情书，不过吉米·克罗斯一直把它当作情书来看。他把这些信小心地折好，用塑料布包上，大约是想将它放在自己的背包里——然而在放进背包之前吉米·克罗斯就会改变主意，他会再次将塑料纸打开，将信纸打开……如此反反复复，以至坐在对面的大个头亨利·多宾斯变得焦躁而愤怒。他用重重的鼻音表示着自己的情绪，吉米·克罗斯没注意到，不过他还是折叠了信，闭起了眼睛。亨利·多宾斯携带着一枚泡在福尔马林中的鹰爪，据说它能带来幸运和勇气：战场上当然需要这些，没什么可说的，唐纳德·巴塞尔姆自己也携带了一件他以为的幸运物，始终贴在他心脏的位置上。拉文德在飞机的抖动中打起了鼾，不过很快他就被自己的尖叫声吓醒：没有人知道他梦到了什么，也没有人想知道。米切尔·桑德斯在摆弄他的钢盔，他用军用小刀试图刻上一行字，但飞机的颠簸总在改变他的动作。钢盔上出现的只是一些杂乱的线条，而他却依然锲而不舍。

极为漫长的旅行，而它奔向的是——空气一直都有抖动，然而并不跟着抖动的是一股从军用胶鞋里散发出来的、黏稠的浑浊气味，它直接塞进了每一个人的鼻孔。没有谁抱怨，他们各自有着更重的心事，事实上，是的。在一段短暂的睡眠中，唐纳德·巴塞尔姆梦见自己是一只白色的鸟，穿梭在一片厚厚的乌云中，他还梦到了战场。

先后有三次计划中的降落，加油和补充物资，第三次降落是在关岛，当飞机停靠跑道上的时候，唐纳德·巴塞尔姆突然心头一紧，他悄悄地抓紧了身侧的扶手，而吉米·克罗斯的表情也异常凝重，就连大个头的亨利·多宾斯也重重地出了口气。等飞机重新起飞，再降落的时候就将是朝鲜，几天的飞行中他们不知道朝鲜曾经发生了什么，正在发生着什么。在某种程度上，所有未知都会让人恐惧，而战争大约尤其如此。因此，当飞机停下来加油和补充物资的时候，机舱里的所有人都不说话，只是大口大口地喘着气，仿佛少吸一点儿就会很不划算似的。

哐当哐当。飞机因为装入了什么而不断地晃动。白色的云，毫无表情地悬在那里，仿佛里面没有什么水汽，而是些碎掉的棉絮，一呼吸到它就能堵塞住鼻孔。亨利·多宾斯试图脱掉他的一只靴子，但只脱到了一半儿便又穿回去，然后从他的背包里取出装有鹰爪的玻璃瓶——他说过，那是他父亲的战利品，现在归属他了。一辆墨绿色的吉普绕着飞机奔驰，它的轰鸣声甚至大过了飞机的轰鸣，一个军官在朝着机舱里喊叫，但唐纳德·巴塞尔姆并没有听清他说的是什么，多重的轰鸣盖过了他。后来，那位军官登上了飞机。

你们知道这架飞机飞向哪儿吗？知道，你们当然知道。我知道你们不愿意提那个词，那个词就像一个可怕的炸弹，砰！一旦不小心把它咬到了，它就会在你们的舌头边上爆炸，你们这些人肯定是这样想的！你们以为，不谈它它就不存在了吗？现在，你们要做的是面对它，说出它，咬碎它！快快快，跟我把它说出来，朝鲜，朝鲜，朝鲜！张大你们的嘴巴！让我能看到你们的牙齿，别让我把它想办法敲掉！快快快！都给我大声念出来！

不知道是出于怎样的原因，唐纳德·巴塞尔姆感觉飞机颠簸得更加厉害，而那个新上来的奎斯格德中校则滔滔不绝，他的声音里像是塞满了沙子。你们惧怕，我知道，你们当然会惧怕。但战争没什么了不起的，只有惧怕才是。你们听清楚了吧，我说惧怕才是了不起的，我说的不对吗？站起来告诉我，我说的不对吗？站起来，你这个胆小鬼，你是在飞机上它不会把你甩下去的快点站起来回答我！说，你惧怕，为什么还要来到这个该死的地方？

滔滔不绝的奎斯格德中校简直是一挺后坐力很大的机关枪，他几乎让唐纳德·巴塞尔姆生出一种错觉：这挺机关枪在不断地扫射，机舱里布满了闪烁的火光而他们这些系着安全带的战士们无路可逃，一个个被奎斯格德中校射出的子弹炸成了碎片。朝鲜。中国人。山上的雪和结冰的河流，轰炸。汽车的坟场，你随手可以拾到的手指、脚趾，它们是新鲜的、苍白的。可恶的偷袭，他们只能这样，意识形态只产生冻在血地里的骨头，去他妈的战争。被吓破了胆的人，他们会顺着山阴走到沟里去，一路上不停地咳，直到把胆汁和碎裂的苦胆都吐出来为止。你得好好和恐惧亲近，和它抱得紧一些，就像孩子抱住他的布娃娃那样，你得学会听它的话，和它商量……是的这样一点儿也减少不了敌人的可恶，他们就像是一群蝗虫，蝗虫，懂吗？

天天都有碎片，树木的碎片，石头的碎片，冰块的碎片，身体的碎片，见多了你就会习以为常，你知道这才是真的。不，你们不要想什么完整性，不是那么回事儿，没那么回事。这个混蛋的世界，你别想什么完整，那是傻瓜和骗子才想有的。刚才我说到哪儿啦？恐惧，你得和恐惧亲近，但恐惧也有它的牙齿，你得随时提防它来咬你，你得提防它，它就像你在家里养着的猫……那些蝗虫会打扮成你的猫来咬你，你可要小心！在它要咬到你的时候你要先把它撕碎！这样，就多了一些新的碎片，碎片，懂吗！

告诉我，你听明白了没有？等你们下了飞机马上就会明白的，可我还是得告诉你们，以免你们这些新兵去向你们的长官告我说我没有提醒。不不不，恐惧可不是坏事儿，你们只有懂得了恐惧才能不被死亡抓到，仅仅靠运气可是不行的……

唐纳德·巴塞尔姆闭上了眼睛，他的脑袋完全是木的，已经有十几个小时没有好好地睡一觉了，疲劳让他感觉自己的身体布满了各种各样的空洞，只有奎斯格德中校的没完没了才能敲出一点点的回响。他再次把眼睛睁开，脸转向机舱的外面：外面一片黑暗，什么也看不到。不知道，又过了多久。

唐纳德·巴塞尔姆再次发现自己是一只白色的鸟，只是上面写满了密密麻麻的字，这让他看上去并不像真正的鸟而只是一只鸟的拼图。还没有成为作家、也没有想过要成为作家的唐纳德·巴塞尔姆凑近了晃晃悠悠的拼图，上面写下的单词是：蝗虫。碎片。咬到手指的猫。阵营。意识形态。托马斯主义者。989—7277。经济。骨骼。恐惧……他发现拼图的尾巴上写着更多的字，但这只鸟越飞越快他根本无法看得清楚。这只鸟越飞越快。它颤抖得厉害，而恐惧那个词则突然突了出来，不，唐纳德·巴塞尔姆想把写有那个词的拼图用力地按回原处而就在他的手指即将碰到鸟的身体的时候，这些拼图骤然地散开了……

"唐纳德，你梦到了什么？"

唐纳德·巴塞尔姆擦了擦嘴巴，他告诉吉米·克罗斯，自己梦到的是碎片，飞在空中的碎片。这时，飞机猛然地晃动起来，然后是……

它颠簸着降落在跑道上。

等心事重重、怀着某种不祥预感的唐纳德·巴塞尔姆们走下飞机，迎接他们的是一阵阵让他们一时摸不到头脑的欢呼，但没有人扑向他们。后来，迎接这批新兵的奎斯格德中校打听到，这片土地上已经没有了战争，就在他们飞翔在空中即将降落的前十分钟，停战协定已经签署，他们不会再遭遇炮火、恐惧、死亡和敌人——至少现在是这样。

"可我，在空中已经分裂成了碎片。"唐纳德·巴塞尔姆喃喃自语，他的手拍打着把他运到朝鲜来的运输机，"我再也不可能相信完整性。任何的。"就在那个凌晨，一直被封在冰水里的绿豆开始发芽。

第二十八个飞翔故事

它发生在上个世纪但我保证它是真的。故事是我四爷爷讲述的，他讲述的是他的五叔，李玉升的故事。

晚年的李玉升瘫痪在炕上，不能动，什么也做不了，除了流泪。他总是用一双泪眼看着你，看得你心酸——哪怕你是兴高采烈地到来也不行。不过他还是挺能吃的，四爷爷说，他一顿能吃半个窝头，"还想多吃呢！"

其实也不是什么都做不了，真不是——深夜的时候，李玉升的"魂儿"就会从他的身体里飞出来，从门框的缝隙里钻出去，然后背上院子里的粪筐，拿起木叉，然后又飞过院子、飞过村庄，到围子墙外的子牙河里去捕鱼。

第二天早上，李玉升的妻子、儿子早早地起来，就会发现在屋檐下粪筐里的鱼，它们已经被寒冷给冻住了，一个个还张着渴望的嘴巴。李玉升的儿子，我们叫哑巴柱爷的男人就背着这些被冻住的、弓着背、甩着尾的鱼到集市上去卖，有时需要走上三四十里路。大鱼三分，小鱼一分。有时哑巴柱爷会在天黑的时分才回来，他的脸总是红得发紫，有一块一块的冻疮。

日复一日。粪筐里的鱼有时多有时少。但总是有。

它是真的，真的是李玉升的魂儿飞出去做的——证据就是，早晨起来，李玉升的双腿总是凉凉的，有时还会带有一些水渍或者几片水草，有时腿上、脚上会莫名其妙地出现一两道不算浅的划痕或伤口。四爷爷发誓，他看到过，他没说一句假话。"他那么能吃，也是因为累。"

有一天哑巴柱爷很晚才回来，而他的粪筐里还有几条没能卖出的鱼。李玉升的妻子看着可惜，于是便用水洗了鱼，去掉了鱼鳞和苦胆，放上盐，再加两片腌了很久的白菜，一起煮上。鱼快熟的时候，她想了想又用筷子蘸了两滴香油滴在汤里。

哑巴柱爷把鱼汤端到父亲的面前。李玉升的眼里流着泪，而他的脸色竟然也变了，似乎有拒绝、愤怒、恐惧或者别的什么……可他不能说话，而哑巴柱爷本来就不会说。他们是两个哑巴。哑巴柱爷没有理会父亲李玉升做出的表情，他把筷子凑近了父亲的嘴。

不知哪儿来的力气，一直不能动只有眼泪的李玉升突然伸出了手，推开了哑巴柱爷的筷子。但一滴鱼汤还是沾上了他的嘴唇。

　　四爷爷说，他是不能沾鱼汤的，他不能吃自己捕来的鱼。沾了鱼汤，他的魂儿就再也飞不出去，再也不能捕鱼了。之后，李玉升家的粪筐里就再没出现过鱼。

　　而瘫痪在炕上的李玉升，不吃不动，眼泪也不流了，大约过了七天他就去世了。用草席去包裹李玉升的尸体的时候，四爷爷他们看到，李玉升的腿上长出了一片一片的鱼鳞。

第二十九个飞翔故事

她的男人陶醉于无休止的赞美声中。她感觉，她和他的耳朵都已经灌满了那样的声音，可他还是乐此不疲，愿意接受那些叽叽喳喳的赞美。

盖世无双。英雄。是他救了我们，让我们免于十个太阳之苦，是他杀掉了伤人的豺狼。是他杀掉了那个具有神力的野兽。进而是他为我们修桥，让我们远离了水患……她知道，有些事并不是他的，他没做，然而此时的他从不纠正别人附加给他的那些功德，对于那样的添油加醋，他浑然不觉，甚至会像喝下了蜂蜜一样高兴。他渐渐地不再是他。

她劝他，你不能这样，你得站出来纠正。这件事你没有做啊。"那又怎样？我之前不是做过类似的事吗？他们说的……不能说完全不对。"她劝他，你不能总听这样的巧语，它会让你改变心性的，那个被你和十五个少年一起杀死的野兽不就是这样——"你这是什么话？你怎么能，把我和野兽放在一起？在你的眼里，我是什么人？"他摔掉了她递过来的水杯，"我看，你才变了呢。你再不是原来的那个嫦娥了。"

　　她的男人陶醉于无休止的赞美之中，对于赞美，他已经表现得矜持而傲慢，仿佛它不过是耳边的一阵凉风，但没有这连绵不断的凉风他就会浑身不舒服，就会从胸肺中生出太多的火气。他不再愿意待在家里，而是一大早就出门而去，很晚才回来或者偶尔不回来。他觉得自己待在家里，耳边就会多出一只让他厌恶的苍蝇，那只苍蝇简直生了十几条舌头。

　　她的男人迷恋上了喝酒，之前他也喝，但不像现在这样着迷，酒，简直已经进入到他的魂魄，是他魂魄的一个部分。而此时，他的部族正遭受着虫灾和旱灾，许多人不得不挨饿。然而酒，却总是源源不断地给他送来。她劝他，不要这样喝，你要知道用来酿酒的粮食……"你少废话！我知道分寸，我比你更懂得怎么去爱他们！要不是我，杀掉了野兽，驱赶了豺狼，除去了封豨，射下了九个太阳……"

　　她听说，她的男人差人为他打猎，没有猎物的时候就抢农人的牛羊充数，吃不掉的肉则埋进一个山冈，因此那里的树生长得异常茂盛。在经历数日的挣扎之后，她决定再劝他一下。"难道你没有吃到肉吗，你吃的肉是哪里来的？"他简直是怒不可遏，"你别用这样的眼光来看我！我知道分寸！要不是我杀掉了野兽，驱赶了豺狼，除去了封豕，斩杀了修蛇，射下了九个太阳……他们不应当为恩人多付出点吗？要知道，他们都是心甘情愿的，他们是懂得感恩！这，才是我一直拼力保护的部族！他们并不像你！"

　　某一日，她在路过一片竹林的时候听到一阵哀泣之声。躲在树木和竹子的后面，她终于听清了哀泣的内容。两个姐妹，同时被她的丈夫看上，而他的意愿根本无法违抗——姐妹俩，只好偷偷地在竹林里哭上一会儿，她们的哭泣使得竹子上面有了斑斑的泪点，用手也无法擦去。她想了想，想了想，没有惊动可怜的姐妹，而是径直朝着丈夫的宫殿走去。

　　"你说的是真的。有这回事。"他沉着脸，"不过并不是我的强求，我的臣民们，包括她们的父亲母亲都可以为我作证。是她们愿意奉献，是她们一定要用这样的方式表达她们的感激。要不是我杀掉了野兽，驱赶了豺狼，除去了封豕，斩杀了修蛇，射下了九个太阳……好吧，我就是做一点儿错事又怎样？相对于他们之前的苦难，之前的恐惧，他们更愿意为我，这个盖世的英雄做些小事。倒是你，原本我最亲近的人，却总是不甘，总是抱怨，没有一点点的感激和感恩！你是我所见到的最最没有感恩之心的人！好吧，你和别的子民过同样的日子去吧，我相信某些贫苦会让你知道我让你都得到了什么。"

她被一辆马车拉到了城外，在一个偏僻的山沟中住下。"你将自己来种植，从你的种植中获得你的粮食。你将自己来种植，从你的种植中获得你的衣物。你，也将自己来捕猎，否则你就没有肉食……这是尊敬的、伟大的、盖世无双的你的丈夫的命令。我们没有人可以违抗。"

天渐渐地黑下来，北风呼号。她从怀里掏出一个小小的锦盒——这是她在离开王宫的时候唯一带出来的东西，没有人知道她带出了这个锦盒。锦盒里面，是两粒蓝色的药丸。

这是她的丈夫，在射掉九个太阳之后从西王母那里获得的奖赏。据说一枚可以长生，而两枚则会升到天上去——她看着那两粒药。一直看着，流着泪，一直坐到天亮。

　　她飞了起来。她飞向云朵的高处，月亮的高处：没有人知道她一夜的挣扎都经历了什么，哪一种选择更让她痛苦。

第三十个飞翔故事

"在情绪之外，梁山伯与祝英台的故事也布满了寓意和象征，"1999 年，来自法国的哲学家让-弗郎索瓦·何维勒在他的《沉重与轻逸的变奏》一书中写道，"生活象征沉重，一种下沉的、匮乏的、痛苦的和非自由的力量，一种人性的死亡性枯竭，就像进入那座石头砌成的坟墓之中那样；而蝴蝶象征轻逸，是飞翔，从中脱离，将重量放下不再纠缠……生活的沉重有其令人窒息、不断放大自己的无力、无能的一面，它被诸多的规则缠绕，任何一丁点儿的突破、不同都会被试为僭越和冒犯——是故，覆盖于梁山伯故事之上的是坟墓，肉身上的层层重压。而变为蝴蝶，使这貌似爱情获得胜利的圆满结束暗含了某种危机：它过轻，缺少和风雨对抗的力量，是一种悬浮的、飘忽的、无力的姿态。他们为什么死后不化作山鹰、林雀，或者在中国普遍寓意爱情和不离不弃的鸳鸯？而只能是蝴蝶？"

让-弗郎索瓦·何维勒未做解答，而是转向关于沉重和轻逸之间对应性关系的哲学思考。收录在《沉重与轻逸的变奏》中的这段文字还有另外一个版本，它发表于1998年6月的法国《快报》周刊，在那里，让-弗郎索瓦·何维勒还记述了他在中国杭州的旅行，并且在翻修过的、据称为"梁山伯之墓"的墓顶上，捉到了一只体形硕大的"中华虎凤蝶"。《快报》周刊在发表让-弗郎索瓦·何维勒的游记时所配的并不是蝴蝶照片而是让-弗郎索瓦·何维勒一张手绘图，看得出他对自己的"意外收获"颇是兴致勃勃。

"化身为蝴蝶：是重生也是涅槃，一种对旧我的舍，但其中包含了生命的延续性。在本质上，它不应被看作对生活沉重的拒绝——它没拒绝什么，它只是承担了它的躯体应该承担的那部分，我们没有理由把一头大象的负重一定要加在蚂蚁的背上，当然也不能指责蚂蚁为什么只能背那么少。同时，蝴蝶飞行中的'飘逸'是它自身的属性决定，它当然也不会因为'被注视'而改变属性。成为非我的存在。"1998年7月，因为一场法事而从尼泊尔谢城寺赶至杭州的僧侣马修·理查德写道——就在上个月，让-弗郎索瓦·何维勒还与他在谢城寺会面，讨论佛法和哲学，让-弗郎索瓦·何维勒还就《和尚与哲学家》的翻译情况以及版税问题对马修·理查德做了说明。"梁山伯与祝英台化身的故事更是轮回故事，是对线性时间的拒绝也是对生死沉寂的拒绝，正是透过死亡，生命之间的跨界轮回才得以穿越狭小针孔。当然，死亡多数时候会抹去'之前'的痕迹，就像一只飞鸟在天空飞过不会留下飞行轨迹一样。梁山伯与祝英台的故事属于例外，前世的、遭受强力扯断的爱在化身之后依然获得了延续，它是希冀也是业报。"

——作为前生物学家，马修·理查德其实更关心被让-弗郎索瓦·何维勒捕到的那只中华虎凤蝶。它已极为少见，而让-弗郎索瓦·何维勒在描述中在谈到这只中华虎凤蝶前翅基部和后翅内缘的淡黄色鳞毛和黑色虎斑条纹之后，还描述道：它的后翅外缘意外地缺少一条黑色虎斑纹，代之的是两条褐红色的斑纹，中间由模糊的淡黄色鳞毛隔开……而此刻，同样是在称为"梁山伯之墓"的墓顶上，马修·理查德捕到了另外一只中华虎凤蝶，这是一只雌性的蝴蝶，后翅的前缘有一个漂亮的圆斑点。更让他心动不已的是，这只凤蝶同样极为特殊，它的后翅外缘也缺少一条黑色虎斑纹，代之的是两条天蓝色斑纹。"你知道，它意味着什么，它可以意味着什么？"

马修·理查德急急给让-弗郎索瓦·何维勒发去了邮件，他急于知道，被让-弗郎索瓦·何维勒捕到的那只中华虎凤蝶怎么样了，它是不是已经死去，被让-弗郎索瓦·何维勒制成了标本带回了法国？如果是那样，这只"祝英台"也实在太可怜了，等于是，在人世间她所挚爱的"梁山伯"先于她死去，让她见到的只能是坟墓和尸体，而化成了蝴蝶之后，她等来的还是"梁山伯"的死亡。

第三十一个飞翔故事

法庭上，珀耳修斯接受法官们的质询："你是说，你真的飞过了那么难渡的海峡，而直接降落在戈耳工们居住的小岛上？"

"是的。"珀耳修斯说，"求求你们，请把我母亲还给我吧，她叫达那厄，我知道伟大的波吕得克忒斯国王出于某种合适的理由……"

"外来的年轻人，你先回答我们的问题。你的话让我们难以置信。你，是如何飞过海峡的？我们都仔细地观察过了，你和我们一样，没有翅膀。"

"依靠飞行鞋，法官大人"，珀耳修斯说道，"我在山林仙子那里得到的它。她真是一个善良而又漂亮的美人。"

"飞行鞋？山林仙子？各位，你们听说过飞行鞋吗？

山林仙子呢？外来的年轻人，我们都没听说过有什么飞行鞋，你当我们塞里福斯的法官们都是白痴，你用这样的笑话就能轻易地搪塞过去？"

"不不不，"珀耳修斯急忙辩解，"尊敬的法官大人，我绝对不是这个意思。我的回答一直是真诚的、谦敬的，我可不敢有半点儿的蔑视，您也看得出来，从一开始我就连大气儿都不敢出。我没有说谎，没有一个字是谎言。"

"那，你所说的飞行鞋呢？"

"法官大人，在完成波吕得克忒斯国王的任务之后，飞过了海峡，我就把它又还给了山林仙子。对于借来的东西，赖着不还当然不会是美德，大人们虽然我的品德算不上高尚但也一直努力地让自己不断提升……"

"住嘴！"坐在左侧的一位法官喝道，"你根本拿不出什么飞行鞋！它本身就是一句彻头彻尾的谎言！你还谈什么美德，你说，在你的眼里欺骗就是你不断提升的美德吗？还是说，这是你在我们塞里福斯王国新学到的美德？"

珀耳修斯的脸变得通红。他低声嘟囔了一句："我没有。我说的是真的。"

"哼，"靠得最近的右侧的法官发出冷笑，"就算你真的有飞行鞋，我们姑且认为它是真的，那你怎么能够杀死美杜莎？据我们所知，没有任何一个人能和戈耳工女妖美杜莎对视，被她目光掠到的一切都会变成石头！为此，我们塞里福斯失去了多少勇士……"

"我是倒退着靠近的，当时戈耳工的三位女妖都在巨大的波涛声响中睡着，她们没有发现我的存在……"

"又在撒谎！"中间的法官拍了下桌子，"据逃回来的勇士们说，无论是谁，哪怕是一只蚂蚁落在戈耳工的小岛上，她们也会警觉地注意到的！那些逃回来的勇士之所以能活着回来，是因为他们根本就没能靠近戈耳工的海岛！"

"法官大人，请您听我解释……我刚才说过，我有山林仙子的飞行鞋——我不会落在地面上，因此只要屏住呼吸，就不会发出半点儿声响。"

"好吧，就算我们可以接受你如此牵强的解释，但，你又怎么能杀死美杜莎呢？她的耀眼的金色蛇皮，可是任何刀剑都穿不透的，何况，一旦被她睁开的眼睛看到……"

"我在山林仙子那里借到了一把锋利的剑，法官大人，也只有那把宝剑才能帮助我完成杀死美杜莎并把她的头带回来的任务。"说到这儿，珀耳修斯突然找到了能证明自己所说的证据，"我当然不能让美杜莎看到！在我砍下她的头的瞬间，她必然会因为疼痛而睁开眼睛——法官大人，我刚刚已经说明，我是倒退着靠近她的，为的就是不和她的目光直视。而为了看清它的面容和脖颈的位置，我把我的盾牌磨得闪亮，它就像镜子一样，能让我从里面看到——大人，请您检验我的盾牌！看它是不是能照见人影？"

士兵们把珀耳修斯的盾牌递到法官们面前。他们仔细地观看，抚摸着。"这没什么稀奇，你当然可以早早地想好说词。对了，你说有一把锋利无比的剑？它在哪儿？你不会说，它也又还给了什么美丽的山林仙子了吧？"

陪审团的方向发出一阵哄笑。珀耳修斯的脸再次红了。"是，"他低声承认，"我在返回的途中，将它还了回去。"

"外来的年轻人，我们觉得，你这个人的确是缺少一些美德，尤其是诚实。我不知道你在你的故乡和你的母亲那里得到了怎样的教育，说实话我为你的故乡和你的母亲感觉羞愧。在我们塞里福斯，绝对不会有人能够这样说谎，敢于这样说谎，我们的孩子从小就接受关于诚实的教育，他们可不像你外来的年轻人，看看，你的故乡都教给你了什么！"

"对不起，法官大人，"珀耳修斯的脸又红了起来，"请您不要那样理解我的母亲，她一直教我要诚实，要真诚，也要有一个战士的勇敢。而且，您可能不知道，我还是婴儿的时候就来到了伟大的塞里福斯，我是在伟大的塞里福斯接受的教育，是渔夫弥达忒斯救下我们并收留了我们……"

"你，你是要诽谤，是塞里福斯把你教成这个样子的？心怀不轨的年轻人，告诉你，我们早就受够啦！若不是渔夫弥达忒斯请求，若不是弥达忒斯是伟大的波吕得克忒斯国王的亲弟弟，我们才不会给予你这样一个胡扯的机会，还让可敬的陪审团成员们耽误他们的宝贵时间来听你信口雌黄地胡扯！你说你杀死了美杜莎，可说什么也不让我们看到你的战利品，还非说对我们不好；你说是伟大的、尊敬的波吕得克忒斯国王交给你的任务，可国王告诉我们他不记得有这样一回事，更不记得这样一个艰巨无比的任务会交给一个外来的年轻人完成，这不等于是嘲笑我们伟大的塞里福斯再无勇士，竟然需要一个来自外乡的、名不见经传的矮个子的庇护？"左侧的法官有意停顿一下，他让陪审团那边的叽叽喳喳再起伏一会儿，"你说你有飞行鞋，可我们看不到；你说你有锋利无比的剑，我们也看不到；你说你有隐身的斗篷，那是属于雅典娜的心爱之物！当然，我们也见不到！你也早早地就交还给雅典娜了！"法官再次停顿一下，他等着所有的声音都小下去，"我们什么也看不到，你怎么证实你说的是真的？而且，你竟然一而再、再而三地诽谤我们塞里福斯，诽谤我们尊敬的、伟大的国王……"

"绞死他！不允许用金币赎买！不能给这个外乡人任何的机会！"陪审团的方向传来一声怒吼，随后，更多的人加入呼喊之中。

"可是，"脸红的珀耳修斯只得大声地为自己辩解，"各位尊敬的法官大人，尊敬的陪审团，难道你们没有发现，西方的天空不再那么红，不再有血腥的气息塞住我们的鼻孔，不再有猛烈的暴雨袭击我们把我们的房子掀翻？这是美杜莎被杀死之后的变化，之前的样子尊敬的各位一定还记得吧？"

"是有这样的变化，"坐在中间位置的法官示意陪审团的声音再小一些，"可它不能证明是你杀死了美杜莎啊。我还说，这是我前些日子砍断了一棵山毛榉树带来的呢。"坐在中间位置的法官乐呵呵地听着整个屋子里的笑声，"出于诚实，我想我也必须再纠正一个你的谎言。你的母亲不是伟大的波吕得克忒斯国王下令抓的，而是我们高贵、庄严和严肃的法庭。我们本意也并不是想为难她，而是希望她能为我们澄清一些事，同时也令你，这个外来的年轻人能在说谎的时候有所忌惮。可你还是太令我们失望了，随意撒谎的习性是从你的骨血里来的，我想，你的母亲也应为此担负些责任。"

"绞死他！不允许用金币赎买！也要绞死他的母亲！她们是一丘之貉，她们的血液里就流着试图说谎的毒！"陪审团的方向声音骤然增大了不少。

"法官大人！"珀耳修斯冲着三位法官的方向大喊，"我为什么要说谎？如果我不是接受国王的指派并真的杀死了美杜莎，"珀耳修斯用力地咽了一口唾沫，"如果不是他事先抓了我的母亲，那我完全可以继续蜷在塞里福斯的角落里，继续默默地过我的渔夫生活。我根本不会出现在法庭，是不是，法官大人？"

"你试图骗取赏金，你觉得你的谎言足以欺骗善良的塞里福斯人，你会在善良的塞里福斯人那里得到你想得到的，并且可以随便地轻视我们，看，是我，矮个子珀耳修斯救下了你们，若没有我你们将会在一种怎样的痛苦和绝望中生活啊！我告诉你，外来的年轻人，你错了。塞里福斯人是善良的，但不是任人欺骗的傻瓜！"

"绞死他！不允许用金币赎买！也要绞死他的母亲！只有邪恶的母亲才会生出这样说谎成性的儿子！"陪审团里有个粗大的声音发出叫喊，"要不是在法庭，要不是出于塞里福斯人的善良和对规则的遵守，我一定会狠狠地给你两记耳光，然后抓着你的头发把你按进地下去！"

"法官大人，法官大人！"珀耳修斯的声音变得尖细，简直像一只被踩到了尾巴的猫，"你们其实早就认定我有罪，你们其实知道你们是在说谎，我母亲，她到的地方不是法庭的监狱而是波吕得克忒斯国王的地牢！你们不过是……"

坐在左侧的法官站了起来："珀耳修斯！注意你的措词！是你一直拿不出能证明的东西，现在反而还要怪罪我们！要不是因为遭受蒙骗的渔夫弥达忒斯的请求，我们早就——你必须为你的谎言付出代价，陪审团作证……"

"好吧，陪审团作证，"珀耳修斯的脸侧向陪审团的一侧，"我将拿出我的证明。但请尊敬的陪审团和法官们能答应我的请求：一个是，我请求无罪的赦免，无论因为这个证据的拿出会出现如何可怕的后果，只要我能证明我的确杀死了戈耳工女妖，就赦免我无罪；另外一个是，法庭和国王必须释放我无辜的母亲，她已经受过太多的苦啦！"

三位法官相互交换了一下眼色。就在他们还未能达成统一协定的时候，陪审团里那个粗大的声音又传了出来："当然可以！只要你说的是真的！但恐怕，你还是什么都拿不出！你不会拿出一双臭袜子，说是美杜莎穿过的吧？三岁的塞里福斯儿童都知道，人首蛇身的美杜莎根本不需要袜子！"

"答应他，答应他！让这个骗子心服口服！答应他，答应他！让这个骗子心服口服！"

三位法官做出承诺，答应了珀耳修斯的请求："刚才，我们已经检验过，你除了这身衣物、盾牌和那柄不怎么样的佩剑，再也没有什么了。之所以我们犹豫是出于塞里福斯人的善良品性，我们满怀善意地想给你留一点可怜的尊严，以为你或许还有一点点的羞耻心……现在，你阻断了全部的退路。拿出你的证据来吧！"

"行。"珀耳修斯伸向腰间，从腰间掏出了一个装饰有云朵花纹的金丝布袋。他轻轻抖了一下，这个布袋立刻拓展了三十倍有余——珀耳修斯将它小心地交给了卫兵。"不要轻易地打开它，"珀耳修斯说，"你会变成白石头的。"

"一个布袋不能说明什么问题，虽然它有些特别。它也许是别的可怕的东西，也许是外乡人欺骗眼球的魔术。我们无法想象可怕的戈耳工女妖能被一个凡人杀死，就像我们无法想象谁能把阿波罗的太阳装进自己的裤兜里。"右侧的法官说。

"戈耳工女妖也不应被杀死，她们的存在是我们命运的一部分，出于和命运女神的契约我们必须接受这种存在，就像我们不能拒绝死神的到来一样。杀死美杜莎，我是说假设真的可以杀死她的话，势必会遭受另外的戈耳工女妖的疯狂报复，我们可怜的塞里福斯人也许万劫不复——"左侧的法官说。

"数百年来，伟大、勇敢的塞里福斯人已经和戈耳工女妖达成和解，我们不再前往她们的小岛骚扰她们的安眠，要知道，所谓的战胜其实只能是疯子和痴人的幻想，我们不再向也不愿意向各种的无妄之中丢下可怜的性命……"中间的那位法官说。他抬着头，正了正自己的帽子。

"和他废这么多话干什么！"那个粗大的声音再次传来，这一次，他前进了一步，两步，"我们只要把他这个花哨的破布袋——"

这个脸上带有伤疤的中年男人已经变成了白色的花岗岩雕像，那道伤疤依然清晰可辨。

第三十二个飞翔故事

我要给大家讲一个"激动不已"的故事：从前，有兄弟两个。一个叫奥佛·莱特，一个叫韦伯·莱特。他们两个人有一个共同的愿望，就是飞起来。我不知道他们是如何获得这个愿望的，因为在此之前，还没有人真正地飞起来过。他们想，我们兄弟俩为什么不能试一试呢？

兄弟两人，原来从事的职业是自行车生产，那时的自行车生产有着巨大的利润。然而自从他们迷上了飞翔，满脑子都是飞翔飞翔飞翔，于是……他们辞掉了工作，全身心地投入到把人类送上天空的愿望中去。

"他们不可以一边做工一边……辞职干什么？没了工资，他们吃什么穿什么？"转着铅笔，赵婷婷的一只手支在自己腮上，"爱好又不能当饭吃。他们怎么不能现实一点儿。"

兄弟两个，奥佛·莱特和韦伯·莱特，他们希望从鸟的身上获取答案。于是，他们仰着脸躺在草地上，认真、仔细地观察着鸟的飞翔。

"不就是发呆吗，"李博低声地嘟囔了一句，"王安阳靠近窗户，他天天上课的时候都在观察鸟，也没见他发明什么。"

兄弟两个，一遍遍地尝试着。他们尝试用种种的方法，包括之前人类已经使用过但未能成功的……需要说明的是他们的尝试一直在失败，一直在。毫无疑问，他们的行为遭受到众人的嘲笑，哪怕是在那些同样具有飞翔梦想的爱好者中间。如此，一年，一年。

"哧，两只呆鸟。他们难道不应当被嘲笑吗？老师，我妈妈就经常嘲笑我，你这个呆鸟，能不能现实一点？"梁朝的话引得一片哄笑，几个孩子跟在他的声音后面，"你这个呆鸟，能不能现实一点儿？"

在我所知的故事里没有特别地提到他们的积蓄、收入，他们的遗产继承，我不知道为什么没人告诉我这些。但我读到了拮据。他们把所有的精力和财富，都投在了这项从来没有人成功过的实验上。是的，从来没有人成功。没有人——1896 年，兄弟两个，奥佛·莱特和韦伯·莱特，从报纸上得到了德国科学家奥托·李林达尔在滑翔实践中不幸死亡的消息。这对他们来说是一个不小的打击，而对当时美国的飞翔爱好者们来说，同样如此。

在这里我必须提到奥佛·莱特和韦伯·莱特精通机械，虽然他们没有上过大学，但在自行车行当的实践还是为他们提供了帮助。而且他们两个除了对爱好持续的热情和探索意愿之外，还有一种试图找寻解决方案的科学理性。前面我所提到的，他们对鸟的观察即是一种证明，而另一个证明则和奥托·李林达尔有关：奥托·李林达尔所做的飞翔实践对兄弟两人的影响巨大，他们为了更为准确、有效和便捷地读到读懂奥托·李林达尔的书，读到他最新的实验成果，甚至自学起了德语。

可是，奥托·李林达尔失败了，而且为此失去了生命。

"哦。"

"老师，他们兄弟，难道要一辈子……他们没有父母吗？没有人要求他们工作吗？他们不成家吗？他们……能不能现实一点儿？"李博模仿着梁朝的语调。

请允许我继续讲述这个故事。奥托·李林达尔失败了，一直追随着奥托·李林达尔的实践方式的莱特兄弟意识到，这一方式里面应有怎样的漏洞或疏误没有解决，而正是它，导致了奥托·李林达尔的失败和死亡。他们辗转通过各种的手段和方式获得了奥托·李林达尔失事前的资料，然后仔细地研究……

他们想到了动力，想到了控制，想到了空中的平衡，想到了……当然想到是一码事，解决则是另一码事，许多的事情都是如此——直到 1903 年 12 月。

"怎么啦？"赵婷婷放下铅笔，举起了她的手，"他们飞起来啦？"

飞起来啦。这可是当时惊天动地的事件！ 1903 年 12 月 17 日，卡罗来纳州，基蒂霍克。第一次，由奥佛·莱特驾驶，飞行的距离是 36 米，空中的停留时间为 12 秒……

"切，这也叫飞啊。"孩子们的笑声几乎能架起整个教室。"他们用了这么多年，就……就飞了 12 秒？"他们笑得肚子都疼了，"还用了这么长时间……能不能现实一点啊？"

可是，这是人类的第一次飞行。

"那么，老师，他们后来是不是很有钱？"

"他们有了自己的航空公司？他们会成为老板吗？对了老师，他们后来……"

兄弟两个，奥佛·莱特和韦伯·莱特，他们的确有了自己的航空公司，然而当时的飞机并不能像现在这样……

我依然不知道他们的收入情况，我所见到的资料中没有这些。不过我猜测他们不会有太多的收入，因为他们所做的，只是一个起点而已。在我的资料中曾经专门的提到，兄弟两个，奥佛·莱特和韦伯·莱特，"他们把毕生的精力都花在了自己心爱的飞翔上。他们都终生未娶。"

"太可怜了。"我听见赵婷婷说。

"就是就是，"我听见李博在点头附合，"他们俩要是实验不出来呢？"

"能不能现实一点啊。"我听见一个声音从课堂后面传来，但我无法确认，这句话是谁说的。

第三十三个飞翔故事

这将是一个令人忧伤的故事，只是我暂时不知道它的忧伤贮藏在何处。

我能感受到忧伤的存在，但我在翻捡每个字或每个词的时候，却又找不见它具体贮藏在哪个词或者哪个事件里。

故事是这样的：

一个极为卓越、被反复地看成是标志性人物的试飞员，某一天，他像平时一样带着自己的学员飞上了天空。他像平时一样，气定神闲，有条不紊，极其精确地完成了所有空中动作，然后回到地面上。像平时一样，这位试飞员从飞行器上走下来，他回头想和自己的学生说句什么，可就在他回过头去的时候忽然地一阵晕眩，摔倒在地上。

在经过一系列的抢救之后他终于醒了过来。不过，晕眩却还在，那种作用于他的后脑的晕眩仿佛是一块放置不稳的磁铁，让他总是不自禁地要从某一个高处摔倒下去——譬如病房的床上。他不得不用力地抓紧床，以避免自己将要摔倒的幻觉。"您怎么啦？"

醒过来的试飞员与之前的那位试飞员已经判若两人。他竟然恐惧起一切的高度，哪怕这个高度只有一把椅子、一块砖头或者一本略厚些的书籍——他甚至听不得"飞"这个字，你不能在他的面前提及"飞来""飞走""飞翔""飞过"和"起飞"———旦听到那个"飞"字，晕眩感立刻就会在他的后脑上重重一击，让他朝着后面倒下去。

"他这是怎么啦？"大队长同样满腹的疑问，他认真地察看着医院提供给他的所有检查报告，一项一项，那里面的数据显得异常地正常，据说医生们也不敢相信，他们反复了数次才确定这是真的。试飞员的身体没有什么问题，他的晕眩不是因为怎样的病变或者其他的身体原因，至少现在的医学完全提供不了答案。

"那，他们在飞行中……"

试飞队的教官们当然也有同样的疑问，他们早早就询问过这位试飞员的学员和试飞员本人，他们的回答尽管是在不同的时间和环境下做出的却惊人一致：一切都是正常的，一切都在按部就班地进行，从起飞到降落，他们也没遇到任何一种不正常的情况，任何一种。"真的没有？"

没有。向大队长汇报的教官将一大叠询问笔录交给了大队长：你看，时间、速度、天气、训练内容、仪表反应、记录仪的记录、空中停留时间……都没有异常情况。我们几个人，当然不肯放过任何疑点，可是还是找不到原因。我们还请另外一位试飞员带着学员又重飞了两次，也没有异常。

"那么他现在的情况怎么样？"

这是一个令人忧伤的故事，也许它最最令人忧伤的一点就是，一位卓越的、被反复地看成是标志性人物的试飞员，竟然因为一种找不到原因的原因离开了天空、云朵和飞行队。那种持续的、不时会出现的晕眩让他再也无法胜任飞翔，甚至这个似乎从来都没有过惧怕的人竟然令人忧伤地惧怕起了高度。

令人忧伤的是他自己也找不出原因，那天的飞翔没有任何的特别之处，速度是常有的，颠簸是常有的，解螺旋是常有的，在飞行中的心态也是常有的……可一落到地面，他就意外地变成了另一个人，一个他想也想不到自己会变成的人，一个他鄙视的甚至痛恨的人。可是，那个仿佛永远和他没有联系的人，竟然就是此刻的他。

真的，他惧怕起了高度。他惧怕台阶，只要一口气走上三个台阶，后脑里那块不稳定的磁铁就会倾倒下来，他就得紧紧抓住一侧的楼梯，闭上眼睛稳定很长的时间才能继续前行。他惧怕电梯，如果电梯间的数字显示它已经攀升了三层，处在后脑的磁铁同样会骤然地滑落，让他不得不停下继续的上升而打开电梯，在电梯间的外面停上许久。如果仅仅是晕眩也许对这位试飞员来说还可以克服，问题是，更让他羞愧的是，他真的是惧怕，他心里的惧怕就像是另一块放置不稳的磁铁，而之前，他基本上不知道惧怕是何物。

现在，这个人清晰地知道了。而且，惧怕还以十二倍的力量加进了他的身体，让他不再平衡。

他惧怕自己的床，那个高度让他感觉不安，即使在梦中。于是，他请人降低了床板，一次次，最后他的床只比地面高出半时。不过那个惧怕还是时时出现在他的梦里。那时，他住在十一楼，卧室里还挂有一张他穿着试飞员服装的照片：这张照片，原是他唯一不肯丢弃的、可以令他想起天空和飞翔的旧物。但经历了数十个夜晚的晕眩和颠簸之后，他不得不把这张照片丢进了火焰。

当然他无法烧毁整个天空。

这是一个令人忧伤的故事，离开了飞行大队的试飞员不止是丢失了一项工作，他所丢失的是所有的高度，而得到的却是让他寝食难安的晕眩。他不敢靠近窗子，不敢看麻雀从草丛里飞起来，不敢看蜜蜂和蝴蝶，不敢……是的我需要重提一遍他也听不得那个"飞"字，那个字会让他骤然地沉入到晕眩中去，他感觉自己在坠落的过程中不断地挣扎可是什么也抓不住。他先后几次来到医院，可是，没有一个医生能够给他让他信服的答案。他自己也想不出来，自己怎么会突然地变成了另外的人，从一个极端一下子就跳进了另一个极端——对了，这个"跳"字也会让他晕眩，尽管在程度上略轻些。

为了解决自己的恐惧和晕眩感，这位曾经的试飞员，不得不搬离自己所在的十一楼，换成了一楼。晕眩感却还在，有一天他靠近窗口，只是朝外面看了一下——

他把自己又一次摔进了医院。躺在床下输液的时候这位试飞员暗暗地下了一个决心，他决心住进地下室：在那里，没有别的高度会低于他的位置，这样的做法也许无法治愈他的这个奇怪的病，但也许会让他的境遇有所缓解。

第三十四个飞翔故事

在一本名叫《不安和冲突》的书中，它的作者、心理学家乔·菲尔多西用一种笃定的语气提到，在所有的可知的历史中，凡是被俘虏的国王或皇帝，都会生出同一种极有意味的幻想，那就是变成鸟"飞翔"。"他们竟然令人惊讶地统一，无论他们是身处萨摩岛、君士坦丁还是古老的长安。摆脱囚禁的想象本可以是多种的（譬如变成虫子或者老鼠，能将身体缩小或能在地下挖出洞来的其他动物），然而那些被捕获的国王竟然无一例外—— 至少可知的历史中如此——将自己想象成有翅膀的鸟。他们都有一个'在上升中摆脱'的愿望。之所以这样想象，很可能是他们的自尊心在作怪，即使在逃跑这样的事件想象中，他们也依然试图将自己当作高贵和圣洁的化身，甚至不愿意让自己变脏"。

在这则飞翔的故事中，我要谈到的是一个被囚禁的皇帝，刘禅。史书上说，他在景耀五年兵败，不得不向邓艾投降，然后开始了被囚禁的生涯。在他身上，最最著名的故事就是"乐不思蜀"——

事实上来说，自从被囚禁的那一天起，安乐县公刘禅无时不在暗暗"遥望"他曾经的蜀国。只是，他不敢在任何人的面前把自己的心思坦露出来。从被囚禁的那一天起，刘禅就变得小心翼翼，或者说变得粗枝大叶起来——这两个意义相反的词其实本质上是一致的。

他不思蜀，他不听蜀乐，不读和蜀有关的书籍，同时也尽可能地不近自己旧日的蜀臣，就是他们在求见自己的时候也总是寻找理由推脱，譬如他还没有起床，譬如他正在逗蛐蛐，譬如……就是见了，他也是一副憨直、木讷的样子，只和他们谈文学、绘画、吃到的食物，而且时不时冒一两句极为愚蠢的傻话。"唉，我们的皇帝已经不再想他的蜀国啦。"他旧日的大臣们泪流满面，大幅度地摇着自己的头——这出戏，当然不能让刘禅一个人来演，他需要另外的演员全力地配合。

如此过了一年，一年。一年是三百六十五天，是八千七百六十个小时，是五十二万五千六百分钟，是……

在安乐县公刘禅的心里，每一秒钟都可以再次分成六十个或一百个格，每一个格里都充溢着他对蜀地的思和念，即使浑浊的酒和沉沉的睡眠也无法将他的思念完全地隔离出去。但他小心翼翼，每一分钟、每一秒、每一微秒也不敢懈怠。他当然知道自己的懈怠意味着什么。他清楚，在他的府上，那些仆人、厨师、乐仿的乐师、马伕和侍卫，都可能有一双或几双要命的眼睛。

他装得很像，甚至连他自己在后来的时间里都相信了，他本是不思蜀的，他已经安于现在的境遇真正地安乐了起来，他的脑袋里塞满了各种各样的木头：是的，他的脑袋里塞满了木头，在晚年，身躯肥胖、走起路来总爱气喘吁吁的刘禅迷上了根雕，他带着自己的仆人、侍卫和乐师满山遍野地到处寻找，寻找各式可以雕刻的树根然后将它们拉回自己的安乐县公府。"你们看，你们看！"刘禅一副天真而欢乐的样子，"它们多棒！我今天一定能吃掉三个馒头！"

晚年的刘禅迷恋于根雕，他哼哧哼哧，只有把曲蜒的树根雕成他想要的形状才能使他完全地安静下来，在那样的时候他真的是不思蜀的，他在堆积的树根中找到了真正的乐趣。往往雕完一件、两件，天就黑下来，安乐县公刘禅气喘吁吁地直直身子，这时他才感到腰酸和背痛。略略地歇上一会儿，刘禅眯起眼睛围着自己的"作品"绕上几圈：如果他还满意，就会让仆人将它摆进收藏室里去；如果不满意，仆人就会将它送进厨房，由厨师和仆人们将它劈开，填入灶膛。

晚年的刘禅只沉迷于自己的根雕，他的安乐县公府竟然像一条行驶出去的船，尽管也遭遇过小小的颠簸但总体上还算平稳。就在他沉迷根雕的那段时间里，强大的曹魏王朝急速崩塌，此时的皇帝已是司马炎，不过，这一巨大的变化对他刘禅的影响却是微小的，不过是侍卫、仆人和乐师更换了几个人而已。新来的侍卫与仆人继续跟着他上山挖树根，继续把那些废弃的雕塑送进灶膛。已经这么多年，没有人真正地注意到刘禅的变化，包括他的那些自顾不暇的旧臣。

说无人注意似乎也有点儿不妥，这一日，一位名重京城的道士受武帝司马炎之托前来探望刘禅，刘禅自然不敢怠慢。他端出了好茶，点燃了府里面最最昂贵的香，并兴致勃勃地领着道士参观了他的收藏室。气喘吁吁的刘禅走得很快，他总是急于知道这位道士的看法："先生，你看你看，这个是不是好？我告诉你，我还有好的！把它弄到这样，我可费劲啦！先生你看看，你再仔细地看看……"

周围并无耳目。道士坐下来，用手里的拂尘轻轻地把椅子上的尘土擦拭了一下，然后盯着刘禅的眼睛。"安乐县公啊，你还是百密一疏。你知道自己疏在了哪儿吗？"道士用拂尘在空中扫了一下，"你所雕出的，都是鸟。各种的鸟。它们当然透露了你的心思。"

"什么心思？我不明白，请先生明示。"

道士并没有再说什么，而是喝下了刘禅亲手奉上的茶。"味道并没你说得那么好。唉。"临走的时候，道士悄悄从怀里掏出一本书来，"没事的时候，安乐县公可以浏览一下。或许有些用处。"

"我不看，"刘禅气喘吁吁地摇头，"先生的好意我心领了，可我，我从小就不是读书的料儿，我就是不爱看书……"

书还是被留了下来。刘禅在道士走后不久，便坐在角落里一个人专心地看起来。

刘禅的晚年，在完成他的根雕和阅读这本没有记载的书中度过。后来，他更老了，即使不去爬山单单坐在床上就忍不住气喘吁吁，根雕的嗜好也就停了下来。但他还是习惯躲进自己的收藏室，一遍遍抚摸自己雕成的鸟。它们的翅膀都是张开的，尽管刘禅的雕工实在难以恭维，但每个看到这些根雕的人都能看得清楚，他雕的是正在飞翔的鸟。

尽管安乐公府后面的波涛汹涌始终未曾对刘禅的生活有太多波及，但他的最后时刻还是一天天临近。躺在床上不能移动的刘禅患上了一种怪病，他的皮肤似乎在慢慢地硬化并且一点点变白，用手敲击，变硬的皮肤竟然会有敲击蛋壳那样的声响。刘禅告诉夫人，在他死后先不要声张更不要下葬，就让他在床上这样躺着，他的身体会慢慢地变成一枚鸟蛋一样的东西。再过上六七天，他就会在蛋壳中重生，变成一只鸟。"我要，飞回我的蜀，蜀地去。"

"您是不是在发烧？我给您倒点水来。"

"不，我不是在说胡话。你要相信我，这是真的，这也是我唯一的希望啦。"

"可是，您怎么会这样想……我无法理解也无法相信。"

"你还记得前几年来过的道士吗？他送给我一本书。我是按照书里说的……"

刘禅说得没错，在他死后，他的身体慢慢地萎缩，变白，变硬，变成了一枚看上去有些硕大的鸟蛋。一向对他言听计从的夫人也真的没有向外发丧，她只是说，安乐县公病得不轻，而且怕受风寒不能见人，包括侍卫和仆人都不能见。她请求厨师每日做好的饭就给她送到门口，她会极为小心地喂给这个病人。厨师想了想，也就答应了她，毕竟一个老人的房间总有股难闻的味道，而且他也不愿意和这位安乐县公有什么特别亲近的接触。

一天。一天。

到了第七日。可是蛋壳里始终没有动静。一直守在一侧一眼不眨的夫人当然心急如焚，她不知道自己迎接到的将是什么，她不知道，刘禅会不会真的"破壳而出"并变成一只鸟。早晨，正午，黄昏。一直到半夜，这枚石头一样的"蛋壳"终于有了动静，它从一处裂开一道缝来，露出了一段极像鸟的喙，带着淡淡的黄色。"啊，真的是啊！"夫人自然是兴奋不已，她用更大的专注盯着，盯着这只鸟的继续。

夜半，蛋壳终于裂开，一只很小的雏鸟从壳里面钻出来。"我的王……"夫人抚摸着雏鸟身上湿漉漉的绒毛，心里泛起一丝丝的失望。它竟然这样小，这样弱。它竟然有一身的绒毛，它们根本不是为飞翔准备的。看来，她还需要相对漫长的一段时间将这只鸟慢慢养大才行。

想着想着，夫人进入了梦乡：这些日子，眼睛一眨不眨的日子实在让她太疲累了，以至于负责送早饭的仆人在后面反复地敲门她也没能听见。

门被打开，侍卫和这个很是不安的仆人一起进入到房间。他们先是看到了床上的蛋壳，接着，他们看到的是，那只在床边上簌簌发抖的雏鸟。它的绒毛还是湿的，而两只脚爪也不能很好地支撑住它身体的重量。

第三十五个飞翔故事

咖啡厅里灯光昏暗。我不知道她是通过怎样的方法找到我的。

"我想和你聊聊我的事儿。我不知道自己还可以找谁。你不知道，我都快……每天，我的心上就像压着块石头。真的有石头，就在我和你说话的时候，它就又动了一下。"

好吧，你说。

下面是她所讲述的故事。

她说，她本来有一个还算不错的家庭，她丈夫木讷老实，能力一般但为人安分。他们有一个女儿。说到这里的时候她停顿了一下，喝了一口咖啡。

我从她的叙述里猜到了后面发生的事，我知道她大约会遭遇什么。而她接下来的叙述与我的猜测也大体不差。她又遇到了一个男人，她中学时的同学，然而当时她并没有注意到他的存在，可他却一直注意着她。重新相遇源于一次同学聚会，当时她已经拒绝参加，她说她有课，需要盯着孩子们，可是经不起两个同学反复的电话，于是，她请别的老师盯一下。晚自习，换个老师盯一下的时候常有，反正现在的学生们也都听话。

于是，于是他们多年之后再次见到，并留了电话和微信。

我从她的叙述里能猜到后面的事情，后面的事情也确实和我猜测的一样。她觉得就在不知不觉中，这个她曾经忽略过的、现在也并不多么出色的中学同学进入到她的心灵里了，甚至是……"能不能再给我一杯咖啡？"她突然中断了自己的叙述，冲着明亮些的吧台喊。说实话她的这个举动吓了我一跳。"不得体，是不是？"她微笑着回过头来问，"我原来可不这样。"

她说，他下定了决心，要和她在一起。本来她并没那个想法，她只是想，人家想了自己那么多年，人家苦了那么多年……"你觉得是施舍，对吧？"她摇摇头，随后又点点头，"我不知道。也许有这样的心思。我的家庭还不错。"

她以为他只是说说而已，他也有自己的家庭而且有了两个孩子。可是，她没有想到他竟然那么地决绝，那么地……半年之后，他真的离婚了，在城里租了房子，距离她的家不远。等她过去看他的时候他郑重地把自己的离婚证摆在她的面前："我做到了。但我不会强迫你。我只想你好，你好，才是我愿意的。"

　　尽管灯光有些昏暗，但我还是看见她的眼睛里涌出了泪水。"你知道，我听了他的这些话，心里难过。我觉得自己像是一个骗子。我只能，只能……"

　　我将纸巾递到她的面前。她接过来，很不得体地——"我知道。"她马上意识到自己的不得体，"我接着说。我也决定离婚。可是，离婚的原因是什么？我说不出口。有过错的是我。但我，但我……"她告诉我，来来回回，她折腾了半年，爸爸妈妈来劝，公公婆婆来劝，领导和邻居，同学和闺蜜都来劝，他也从不多说什么，不给她压力。可越是不给她压力，她越觉得愧疚，越觉得对不起他。"那你家先生呢？你觉得对得起他吗？"

　　她愣了一下，看得出，她忽略了这个问题。"对不起，当然对不起。"后来她先生同意离婚，同意她的所有条件，并告诉她，这个家，对她和女儿永远是敞开的。"我告诉我前夫，我没有任何条件。我只是，和他没有了感觉。"

——你要了女儿……

"是啊，我舍不得。我不想见不到女儿，她特别愿意跟我，"她晃动着咖啡，"怎么，你不信？我不会和你说谎，这些事我要是不说出来，它们就会变成更大的石头，我已经受不了了。"

下面是她所讲述的故事。

她说经历了曲曲折折，在一年半之后她和他结了婚，之所以没有马上在一起，她说她试图掩人耳目。"其实也没什么用。我周围的朋友都知道了，只是他们装作不知道。我也是后来才知道的。我当时还觉得自己做得……特别隐秘。"

她觉得自己找到了，得到了。她感觉无比的幸福。"我们当时很穷。都是净身出来的，没有多少积蓄，租房子住。可我就是感觉幸福。"一年之后，他和她又有了一个孩子，男孩。"你知道，我多高兴，"她说完高兴这个词，却立刻泪流满面，"你想象不出我付出了多少。想象不到。可是我觉得，值得。"

他和她，幸福地生活在一起。日子也渐有起色，两个人都吃得起苦，而机遇也突然眷顾到他们，他跟随自己的大哥拿下了几个工程，也干得出色。家境越来越好。他和她，幸福地生活在一起，直到有一天。

我从她的叙述中大体能猜到后面的事，而后来发生的事也确实和我猜测得一样。她偶尔地拿起他不小心落在床边的手机，偶尔地，读到了一条微信。她按照上面的号码拨了出去。

"那时候，我觉得天都要塌啦。那天上午天很好，可我就是觉得眼前一片黑暗，我找什么都找不到，抓不住。我觉得自己的嘴里、胸口里，塞满了各种让人恶心的东西，如果我张嘴，它们就会从我的肚子里飞出来……"

说实话我不知道该怎么安慰她。这样的故事我听得太多了，就在去年，我的一个中学同学曾这样讲过，她就坐在咖啡厅里，我的对面。我不知道自己当时是怎样安慰她的，好像还有点儿效果，可是她回去后不到三个月就自杀了。她的死亡一直让我愧疚，我一直觉得自己如果再用点心用些力，也许能把她拉回来，也许。

"而且不止一个，你知道吗？我一个个地翻看他的短信……"

他怎么说的？

"他否认，坚决不承认。那天他还动手打了我，因为我说出了事实，说到了点上。我提出离婚，而他的态度竟然是，爱咋咋地，随你的便。"她说，她收拾好了所有的东西，她决定离开。

后来……

"后来他跪下来求我。说自己不是人，向我保证以后再也不这样了。我当然不想听这些话，可是，他悄悄给女儿打了电话。她回来了，也来求我。小诗也哭——小诗，是我和他的儿子。"

哦。

"后来他倒是……可我一见到他就想起，就想起……觉得自己很脏，觉得家里的一切一切都脏，觉得我的女儿都被污染了。我几次想离开，跑到外面去住，我甚至想过报复他给他戴上五顶六顶的绿帽子……可我和他还有了一个小诗。要是我走了，小诗是过不好的，我知道。"

"你说，我该怎么办？现在我该怎么办？"

我告诉她我的意见。我也和她委婉地提到我的中学同学，暗示她的选择是何等的错误，现在的情况是……她听着，用她的手指转动着咖啡杯，让它和玻璃板发生摩擦声。"你说的我都明白。可我做不到。做不到。我过不了自己的关。我被他毁了，我被我自己毁了。"

不，怎么会。我继续阐述我的意见，我承认它也不能完全地说服我自己。她听着，似乎也并未在听，而是独自地想着心事。"咱们是中学同学，你还记得吧？"她突然问我，"我在最前面那排。是林娜让我来找你的，她说，你会认真地帮我，你能让我从困境里走出来……"

啊—— 我吓了一跳，真正地吓了一跳。去年来找我的同学也是林娜提供的电话，我们也是这样面对面地坐在咖啡厅里，她也说，她在最前面的一排……"哪，哪个林娜？"

"你的同学里有几个林娜？"她摇摇头，"算了吧，说了也是白说，没有人能够真正地帮到我，路是我自己走的，你不知道我是多恨我自己。"她从自己的包里掏出一大叠纸，"我把自己经历的和想的都记在了纸上，来的时候想要不要拿给你看，一直犹豫到现在。现在，我觉得没必要了。它们就没必要存在。我多想这一切都没有发生过，都没有。"

说着，这个依然没被我从记忆里想起的同学突然抖动了一下那叠纸片。

纸片蹿起了火焰，很快，她手里的所有纸片都笼罩在红通通的火焰之中，它们在有些昏暗的咖啡馆里是那样地炫目，所有的人都朝我们的方向看。只见那团火焰带着它所散落的灰烬就像一只红鸽子，扑棱棱地朝着天花板的方向飞去。

第三十六个飞翔故事

豪尔赫·路易斯·博尔赫斯曾在故纸堆里找到一个极为惊人的发现：习惯枕着宝剑和《伊利亚特》入睡的亚历山大并不是三十三岁死于巴比伦，这个醉心于征服的大帝有另外一个去处——这是真的。我可以向一切可信任的事物发誓。

在三十三岁那年，被狂妄的雄心壮志激荡着的亚历山大再次踏上他早就谋划多年的征服之路，这一次他的目标是东方——波斯，以及印度。没有什么能够阻止他内心里的激荡，遥远不能，泥泞不能，寒冷和炎热不能，鲜血不能，双方营帐里此起彼伏的抽泣声也不能。习惯枕着宝剑和《伊利亚特》入睡的亚历山大血气方刚，即使在睡下的时候也感觉自己的胸口有一团不熄的火焰，这么多年，他一直在忍受它不断的烧灼，只有征服才能让这团火焰向外泼洒出一些，减弱一下他躯体里的燥热。

进入巴比伦后不久，一场大雨将希腊军队困在了潮湿和泥泞之中，雨水从帐篷未曾压实的角落里灌进，冷得让人颤抖。亚历山大大帝并不在意，毕竟在多年的战争经历中，这样的大雨他见得太多了，他关心的是自己的作战地图和羊皮包裹的《伊利亚特》，它们可不能有被淋湿的危险。三天之后大雨才得以停歇，在清理后面的雨水的时候，有士兵在亚历山大的帐篷外面发现了两只已经被水泡得硕大、不像样子的死鼠，出于好奇亚历山大也跑到了营帐外面，他甚至用手提起一只死鼠的尾巴，将它晃动了两下——它尾巴上的皮竟然在晃动中脱落下来。晚上，亚历山大开始发烧。他梦见一只湿淋淋的老鼠趴在《伊利亚特》的纸页中间，绿油油的眼神里满是轻蔑。"不！"他怒不可遏，将手里的某件看不清形状的物品丢过去，老鼠湿淋淋地打了个滚，然后再次轻蔑地看着他。

亚历山大大汗淋漓。他胸口的火焰就像一盏被打翻的油灯，火焰溅得满地都是，然后一起燃烧起来，亚历山大觉得，自己的身体就像是一堆早就失掉了水分的干柴。医生、侍女和大臣们在干柴上浇水，但无济于事，他们对于火焰束手无策。在昏迷的两天时间里，亚历山大不止一次地梦见老鼠和他的《伊利亚特》，那时候他疲惫得已经懒得再去理会老鼠了。

这些都是真的，我可以向一切可信任的事物发誓——不止博尔赫斯，英国诗人格雷夫斯在他的书里也记录了类似的内容，真实不虚。我也可向一切可信任的事物发誓，后面所说的也是真的，只是和格雷夫斯的叙述有一定出入：

高烧让亚历山大陷入昏迷，他患上了鼠疫。

在昏迷中，亚历山大感觉自己被关在一个笼子里，而这个笼子被一只鹰抓着，飞上天空。摇摇晃晃。风在他的耳边呼啸。树木、山峦和河流，在让他打着寒颤的飞行之中变得越来越远……也不知道过了多长时间，亚历山大感觉自己胸口的火焰突然熄灭了，只余下一些还在发烫的灰烬；他沉在无边无际的黑暗里，头上，甚至没有一颗星星。

等他从昏迷中醒过来的时候发现四周尽是沙漠，他实在想不起自己是如何来到此处的，在昏迷中出现的那只鹰是真实存在还是幻觉。他侧了侧身，发现自己的剑还在，羊皮包裹的《伊利亚特》也还在，只是已经被老鼠咬得不像样子。这时，他才看见在自己头顶上的阴影。"黄脸膛、丹凤眼的武士们围住他。他们不认识他，但还是收留了他：因为他基本上是一个士兵，他在一片全然陌生的土地上参加了战斗。"豪尔赫·路易斯·博尔赫斯在一篇题为《一千零一夜》的随笔中提到，页码是第56页—57页。他还提到多年之后的一个细节："有一天，军队发饷了，在发放的钱币中有一枚使他不安起来。他把钱币放在手掌里，说：'你老啦；这个可是我作为马其顿的亚历山大时，为庆贺阿贝拉大捷而下令铸造的呀。'"——这是真的。我可以向一切可信任的事物发誓，你可以在陈泉译、上海文艺出版社出版的《博尔赫斯全集·七夜》一书中找到。

可以说，落在沙漠里的亚历山大"脱胎换骨"，完全变成了另外一个人，他极为努力地遗忘刻在骨头里的亚历山大，用锐利的刀子将它一点点地挖出去。他还是一个军人，但此时是鞑靼人的军人；他还在战斗，但不是作为国王而是作为战士，而且没有一克拉的荣耀能属于他。经历过一次"死去"，亚历山大的大半部分都跟着死去了，活下来的那部分想着的仿佛只有活着，也让他变得有些脆弱，每日沙漠里的日出和日落都会让他不自觉地流出泪来。作为鞑靼人的战士，亚历山大住进士兵们的营帐，他那么近、那么近地听到受伤的士兵们的哭泣，想家的士兵们的哭泣，因为寒冷而冻得手脚干裂的士兵们的哭泣——作为马其顿的亚历山大的时候，他最最厌烦的就是这种如同风声或鹤唳一般嘤嘤呜呜的抽泣，甚至惩罚过发出这种声音的官兵，而这时，他竟然被哭声动摇，一度还想加入到他们中间去。

机缘巧合，成为鞑靼人战士的亚历山大遇到了一个牧羊人的女儿，他们相爱了。说来也许无法让人相信，此时的亚历山大才第一次尝到"爱情的滋味"，那种忐忑、思念、犹疑和欲说还休，那种珍视和恐惧，是马其顿的亚历山大所不曾体会过的。他用自己还不太熟练的鞑靼语前去求婚，爽快的牧羊人很快答应下来，他也早早看出了女儿的心思。

一年之后亚历山大有了一个女儿，他像第一次当父亲那样高兴，不，这就是第一次，和之前的那些次"成为父亲"完全不同。他看着孩子黑红的脸，看着孩子闭着眼睛哭泣的样子，竟然觉得自己的整个身体都在像雪山上的雪一样化掉了。他决定彻底遗忘那个马其顿的亚历山大，永远不再提他一个字，不过他还是将那枚庆贺阿贝拉大捷而铸造的银币留给了女儿，钻了一个孔，作为她脖颈处悬挂着的饰物。"他是战士，不在乎什么道理，他准备好阵亡"——出现在豪尔赫·路易斯·博尔赫斯书中的这段话并不严谨，它也许有合理性，但那是在鞑靼人亚历山大的女儿出生之前，后来，他总想着活下去，在不竭的勇气中保留了一点点的渴望。

　　和阿兰人作战，和盎格鲁-撒克逊人、法兰克人作战，和另外的鞑靼人作战，和一些不知什么人的人作战……无论从哪个角度来说亚历山大都是一个合格的战士，他赢得了鞑靼人的尊重。他需要这些胜利，可是他从来不去想为什么需要。有些犯有过错、让鞑靼人遭受重创的战斗本可以不发生，作为国王时的那份敏锐使亚历山大早有察觉，然而他克制了自己，没有人知道他做出了怎样的抵御才让自己不置一词。他让马其顿的亚历山大死在了巴比伦，从希腊传来的消息也是这样说的；而在沙漠里的这个亚历山大，是在飞翔中重生的另一个。如果没有任何的变故，重生的那个亚历山大将和所有的鞑靼战士一样，一模一样。

　　……变故发生在亚历山大三十九岁那年。一支雄心勃勃的希腊军队再次跨过了东方和西方的界限，他们无意中袭击了鞑靼人的牧场，亚历山大的鞑靼妻子和刚刚四岁的女儿在袭击中丧生，匆忙返回的亚历山大苦苦寻找了五天，没能找到妻子和女儿的骸骨。第六日，他坐在一块冰冷的石头上僵硬地张望，从早晨一直坐在黄昏，坐到黄昏的黄渐渐淡去，昏也渐渐淡去，黑暗从四面八方令人窒息地降临。睡在烧焦的木灰中的亚历山大又做了一个梦，他梦见自己被装在一个狭窄的木箱里，正被一只体形硕大的鹰抓着，升入了天空……

也许就是在那个时刻，或者更晚一些，他梦见雄鹰将木箱从山顶上丢下来的那个时刻，经历众多并曾死过一次的亚历山大再次"脱胎换骨"。他成了鞑靼人口中的"双角亚历山大"，成了希腊最可怕的敌人。

第三十七个飞翔故事

　　写在羊皮卷上的文字说，尊敬的、伟大的、荣耀的亚历山大大帝在著名的高加米拉会战中战胜了波斯皇帝大流士，然而意气风发的亚历山大并没有停止向自己的梦想出发，而是被它激励，朝着印度的方向挺进。他的铁骑到达海达斯佩斯河，和在那里等待许久的印度国王波拉斯的军队隔河对峙。写在羊皮卷上的文字说，尊敬的、伟大的、荣耀的马其顿国王亚历山大亲自吹响了冲锋的号角——战争异常惨烈，充塞着尸体、鲜血的铠甲的海达斯佩斯河竟然完全被阻住了，战争过后，河流里的清淤工作进行了一个半月，拥挤的河水才开始恢复流动——但这流动依然比旧日缓慢，就像黏着蜜蜂翅膀的蜂蜜那样，那种暗红色的黏稠液体甚至吓坏了下游河边的牛，它们怔怔地盯着缓缓流淌着的水流不敢下嘴。写在羊皮卷上的文字说，亚历山大的军队勇猛彪悍，历经百战，波拉斯国王的军队根本不是对手，他们只凭着一股蛮力和奇怪的信仰而一步不退。结果是，波拉斯国王被俘虏，而他的军队已所剩无几。

　　不知出于怎样的考虑，从未在战争中表现过仁慈、也厌恶仁慈把它看作是怯懦的分泌物的亚历山大大帝却表现出了仁慈的一面。他制止了部队的屠杀，然后释放了波拉斯国王——他的这一仁慈举动令人难以置信，无论是波拉斯国王还是亚历山大大帝的军人们。"如果你们现在没听清楚，那我就用别的办法让你们听清楚。"——写在羊皮卷上的文字郑重地记下了这句话，我觉得，亚历山大大帝的记录者大约也被这句话搞得思想混乱，然而又不得不忠实地记下它。尊敬的、伟大的、荣耀的亚历山大大帝的偶尔仁慈埋下了可怕的祸根，以至于他重新燃起激情、决定继续出发讨伐未知之地的时候，有几支小股的军队决定不再服从，而负责镇压的军士们竟也表露出兔死狐悲的倦怠之情。在威逼和利诱之间，亚历山大大帝反复权衡、因人施用，这位从十六岁就带兵平乱的军事天才颇费了些气力，好不容易才制止住倦怠情绪的深入蔓延。尊敬的、伟大的、荣耀的亚历山大大帝决定不再耽搁，他要继续他的征服，只有敌人的鲜血和战胜的荣耀才能让他的部队重新形成铁板一样的合力——于是，这一年四月，马其顿国王亚历山大宰杀牲畜献祭，然后开始他的新讨伐。写在羊皮卷上的文字以一种从未有过的郑重，详尽地记录了祭司的献词、献祭过程和牲畜的数目，我猜测，大概是有人曾怀疑过这一祭祀的过程有怎样的问题。因为在到达巴比伦后不久，意气风发、雄心勃勃的亚历山大大帝便去世了。他死于一种全身发热却从额头上冒着冷汗的病。

"它在撒谎。它一直都在撒谎。"我的姑姑说。她曾是亚历山大的波斯王妃罗克珊娜的侍女，在历经不少于三次的宫廷屠杀中奇迹般地活了下来。她对我说："亚历山大根本没有死。他们不许我们说出来，至少有七十多人为此失去了舌头。"她说，她已经年老，厌倦了不断的逃亡和无休无止的恐惧，她的这条舌头随时可以取走，无论是马其顿人、斯皮亚格斯的人还是不会衰老的死神。

"它们，总是撒谎。"姑姑指着我手里的羊皮卷。那时，严重的眼疾已让我姑姑的眼睛几乎完全失明，可她伸出的手指却那么准确地指对了方向。

……我曾在马其顿的法庭做过一段时间的杂役，后来受益于我的这位姑姑而成了亚里士多德的书童，不过我待的时间不长，只和亚历山大大帝见过一次。后来经历一系列变故（主要是宫廷变故的波及），我来到推罗，在这个遥远的城邦终于获得了财富、地位和荣耀，然后变故再次来临，我不得不又一次带着仅剩的财物和坐在马车上的姑姑一起流亡。路上，我翻阅带在身边的羊皮卷打发时间，偶尔和姑姑谈论它所记载的内容，而我双目失明的姑姑却总说，它是假的，假的。"亚历山大根本没有死。他还好好地活着呢。"

在颠簸、饥饿和充斥着蚊虫和毒蛇的路上，我的姑姑去世了。在弥留之际，她抓着我的手用一种让我惊讶的语气对我说："你去找他吧，三十二年过去了，也许只有你能把他迎接回来。他在亚历山大里亚，那座以他的光荣而命名的城市里，而不是他们胡说的巴比伦。"

草草安葬了我的姑姑，我决定前往姑姑提到的亚历山大里亚。之所以选择前往亚历山大里亚，一是我一时没有更好的去处，而姑姑提到了它，它就成了选择；二是埋葬了姑姑之后我再无羁绊；三是在推罗，我也不止一次地听人神秘兮兮地谈起亚历山大，他们说亚历山大其实并没有死去，而是失踪了，和他一起失踪的还有他的三千铁骑，以及他枕着入睡的《伊利亚特》和镶嵌了蓝宝石的短剑。出于好奇和某种关联性我想也许可以去试着找找。还有一点我想我也应当谈到，就是我被姑姑的故事激起的某种热情，这种热情是什么时候存在于我身上的我不知道，但姑姑临终时的遗言，一下子便把它激活了。没有片刻的犹豫，我告诉我的车夫，我们去亚历山大里亚。

一路的艰辛不必多说，只是我没能想到的是，我竟然用了一年的时间才闻到亚历山大里亚港口飘来的咸咸的气息，其中还带有一股淡淡的腥味儿。寻找住处住下和街道上的寻访也不必多说，我发现"亚历山大"在这里只是一个空荡荡的、不值得细想的存在，它只是一个虚无的名字，和其中的山毛榉大街、木板巷子一样。他们没人听说过亚历山大曾带着他的三千铁骑驻扎此地，甚至许多人都觉得"亚历山大"应是一个久远的传说，他是太阳神的儿子……只有一个用鹅的内脏占卜的老人还记得亚历山大，他要我付钱，然后通过鹅肝上青色纹络的提示告诉我："他出海了。"

我自然不信。但不信归不信，我还是不自觉地一次次走向港口，看着海岸边褐色礁石，拍击着海岸的海水和起起伏伏的海鸥……几日之后，一个阳光璀璨得让人发昏的上午，我决定雇一艘小船出海。

开始的时候风平浪静，就连沉默寡言的船家也说，这样的好天气在他的一生当中都不多见，仿佛海神完全地睡着了一样。然而并没多久，天色骤然变化，低矮的乌云一下子压过来，不仅把阳光吞噬得无影无踪，也将海面给吞噬掉了，我们掉进了颠簸、翻滚和黑暗里……也不知道过了多久，在我的感觉中就像有一个世纪那么漫长，感觉自己已经死过了几次，我的心、肝等五脏六腑都被我吐出来了，这时，巨大的风浪将我们的船送上了一块突出的礁石，然后将它击成碎片。我在船撞上礁石的那一刻昏了过去。又不知道过了多长时间我才醒过来：船、船夫，以及亚历山大里亚都已不见，我来到的是一座荒芜的海岛。黑暗中，不断传来不知名的野兽的嚎叫声。

费了许多的力气我才生起了火。出于谨慎和恐惧，我在火堆前坐了一夜，等天亮的时候才开始探寻这座海岛——我并不知道它在哪里，而那个船夫也不知去向，他也许本可以告诉我一些的。我在杂草和灌木中找寻，突然在一块岩石的下边发现了一枚生锈的银币，银币上的花纹和文字提示我，它属于马其顿，是亚历山大为了庆祝阿贝拉大捷而下令铸造的——这一发现实在令我激动不已，简直像在沉溺的水中抓到一把稻草……我身体里的力气又回来了。

我为自己开辟出一条小路，路上，我将一把叫不上名字的、樱桃大小的果实塞进嘴里。它是青的，微苦，还有些涩，里面的果核坚硬无比。走着走着，我又在草丛中发现一件生锈的铁器，是折断的，锈太厚了，所以我无法判断它究竟是什么，但它的出现似乎提示我，这条路是对的，也许还会有什么发现。走着走着，在崖坡的边缘处一个巨大的山洞出现于树木的掩映之中，而在山洞的顶上，在粗壮的藤蔓的缠绕间，我发现上面刻有一个奇怪的符号——阳光能直接照射到的地方它呈曙红色，而阳光照不到的阴影部分则呈蓝灰色。

我认识那个奇怪的符号——它的出现让我感到晕眩，一阵巨大的、几乎可以压垮我的晕眩——我在亚里士多德家的羊皮卷中读到过它，如果我的记忆无误，那个散发着一股陈旧气息但保留完好的羊皮卷是亚历山大大帝差人送来的。不过，正在对《诗学》第十六章进行修订的亚里士多德似乎毫无兴趣，他认为那卷羊皮卷中的记载完全是臆想和幻觉，毫无逻辑性。"在所有的发现中，最好的应出自事件本身，"他说，"这里面的记载完全是按照可然的原则而不是按照必然的原则组合起来的，里面包含了太多错误的推断。"

可我见到了它：这个符号，和它在阳光下变化的颜色。我也一下子记起了上面的神秘记载——羊皮卷上说，它是史前的遗存。世界上拥有这个可变色的符号的地方一共有四个，它们距离遥远，每隔数百年会移动一次，因此确定它们所在的准确位置是不可能的。它们有可能是海底的涡流，有可能是崖壁上的山洞，有可能是龙卷风的风眼，有可能是森林中某个枯井的井口……羊皮卷上说，它是通向另一世界的通道。至于在另一世界之中有什么，则无人知道，因为凡是穿过那个通道的人从未返回过。但不少智者推测，那边的世界与这边的世界并无二致；那边的世界和这边的世界很不相同。所谓的不同是，那边的人一个个都如"初生婴儿"，居住于洞穴里，没有悲伤也没有痛苦，没有文字也没有建造……

我感到晕眩，是那种神秘的、激动的并且包含着忐忑的晕眩……我在洞口一直坐到黄昏。最后，我下定了决心。

越走越是黑暗，我没想到，这个山洞竟然那么长，那么长，在越来越重的黑暗中仿佛永无尽头。我向里摸索着，每向前一步都变得艰难。我的脚踩到了石块；我拿起石块，朝着里面丢过去，一阵空荡的、蔓延着的回响传向远处，更加重了那种永无尽头的感觉。这时，忐忑和恐惧重回我的身体，我竟然对"这边"的世界有了更多的怀恋……不知道又向里面走了多久，反正黑暗变得无边无际，而我身体里的热度也在慢慢变凉。我又摸起一个石块，朝里面使劲一丢，又是一阵空荡的、漫长的回响。我对自己说，假如再走三千七百六十步还没有走到尽头，那我就不再犹豫，转身返回，无论身后有永远取不尽的财宝、巨龙看守的永生之泉还是令人好奇的"另一世界"。我走着，走着，大约有三千二百步的样子，忽然发现在远处有一个豆粒大小的光亮——它让我欣喜莫名，脚步不由自主地加快了许多。又有三百多步，这个豆粒大小的光亮变得像未熟的苹果那样大，它的边缘竟然是七彩闪烁。我的心狂跳不已，就像一个饥饿的孩子看到了朝思暮想的珍馐——我再次加快了脚步。

突然间，脚下一滑——我的整个身体都在急速地下坠，我听见风的呼啸，听见自己发出的尖叫声被急速的下坠拉得很长，就像一段坚韧的游丝被什么拽开了一样。我的手拼命地四处抓挠，然而连一片树叶、一根稻草也抓不住。我觉得自己在下坠的过程中至少死过两次，我的心脏因为跟不上下坠的速度而被甩在了外面……后来，下坠的速度变缓了许多，心脏才又回到体内。经过极为漫长的黑暗之后，我忽然发现了光，像夏日里白炽的阳光那么强烈，随后又是黑暗。直到这时，我才意识到自己是在飞翔，不过和鸟儿的飞翔不同，我的飞翔是一路向下的，它也不受我自己的控制。

在黑暗和光亮的交替反复中穿行，我不知道又过了多长的时间……在这样难以自控、充满紧张感的空间里飞行时间是难以计算的，我只觉得异常的漫长，于是又产生了永不休止的错觉。不过这时我已经不再恐惧，哪怕最终落进的是地狱之犬刻耳柏洛斯之口。我干脆闭上了眼睛。

　　等我意识到飞翔已经结束、进入一大片光亮之中的时候便睁开了眼：我发现，自己正躺在一棵樱桃树的下面，阳光正好，几只陌生而熟悉的小昆虫在我的眼前飞舞着，它们飞舞的姿态竟让我莫名地感动，流出了泪水。我坐起来，摸摸自己的脸，自己的腿，摸摸树下的青草和樱桃树的树干——它们并非晕眩之后的幻觉，而是真实的。我坐起来，伸出摘了一颗只有花生大小的绿樱桃放进嘴里：它，同样并非幻觉。

　　我略有贪婪地望着四周：这阳光、草地、樱桃树和山毛榉、落在树叶上的黄蜂和爬向树枝的猎蝽，它们新鲜而陌生，仿佛真的是来自另一个世界——这里，难道真的是另一个世界了吗？它看上去和我所在的世界几乎没有不同。我想到羊皮卷上记载的那些智者的话，另一世界的人一个个都如"初生婴儿"，居住于洞穴里，没有悲伤也没有痛苦，没有文字也没有建造……

　　是这样吗？

我站起来，向更远处望去。四周空荡荡的，看不到一个人影。

　　在很长一段时间里我都在怀疑，自己所进入的并不是另外一个世界，所谓的另一个世界并不存在：我自那个山洞里落下，经历了一段神秘的飞翔之后又落回到地面，不过进入的是另一个我原来没有涉足过的远方。

　　我的证据是：这里的人并不居住洞穴，他们也建造，而且建造了诸多像模像样的城堡，只不过每座城堡都存有被毁坏的痕迹。这里的人说着希腊语，间或会夹杂某些波斯语，它对我这样一个出生于马其顿、有一个属于波斯的父亲和姑姑的人来说并无难度。他们的文字也记录在羊皮上，里面记录着残暴、奸淫和凶杀，以及无休无止的战争和无休无止的痛苦。在这里，竟然也有宙斯和阿波罗的神庙，以及关于阿伽门农、阿喀琉斯征战的传说……更让我惊讶的，是他们曾受亚历山大大帝的统治，交易的货币上铸有亚历山大的半身像。我猜测，此地应距离孟菲斯以及亚历山大里亚不远，是亚历山大无数征服地中的一处。不过令人遗憾的是，亚历山大征服了它、把它纳入马其顿的领地之后便继续远征，未能有很好的管理才衰落至此……

　　在这座同样以亚历山大命名的城市里，我见过光天化日的屠杀：一群未成年的孩子用砍刀杀人，然后大摇大摆地踏着蜿蜒的血水在街口消失，见惯不怪的店主们用钩子将尸体拉向水沟，和已经开始腐坏的尸体堆在一起；我见过光天化日的抢掠和奸淫，而一侧路过的人只顾低头赶路，似乎视而不见。我见过连绵数里的饿莩，他们那么瘦那么弱，风一吹就能将他们吹倒；我也听见过连绵数里的哀号，我怀疑，就是刻耳柏洛斯听到也会感觉凄凉，忍不住流下眼泪。我还看到诸多人的逃亡，他们的样子看上去真是可怜……它在衰败，它在荒芜。而据从另一座城堡逃出来的人说，那边的境遇也好不到哪里去。"都是因为亚历山大，他，就是一个来自冥界的魔鬼。"

我加入逃亡的队伍里。我问他们谁知道推罗的方向，或者是特洛伊、伊利里亚——他们全都摇头，"特洛伊"这个名字倒是听说过但它只是在那本《伊利亚特》的书籍里，他们一直都觉得那不过是虚构而已。那，亚历山大里亚……他们依然是摇头，依然没有人知道这座城市的存在。我对他们的回答很是失望，心里也生出些许的怨气。我决定离开他们，这么多人一起实在容易成为袭击的目标，我已经和他们一起被强盗袭击了两次。

于是，我离开了队伍，在路过一个荒芜的村庄的时候独自停下来，把自己丢在一片断壁残垣之间睡觉。这没什么不适，亚历山大的王妃罗克珊娜被人杀死之后不久我就开始了类似的生涯，我父亲在到达推罗之前没掩护好身份，我和姑姑眼睁睁看着他被士兵的长矛刺穿心脏，难忍的疼痛让已成为尸体的他还不停地颤抖。两日后我准备离开村庄，饥饿和死去灵魂的争吵声实在让我难以忍受。临行前我准备再搜寻一遍，或许谁家的厨房里、粮仓里还留着没有被成群的老鼠咬净的食物……我是在那个时候见到他的：一个蜷缩在角落里、不停地发抖、看不出面孔来的年老的乞丐。他似乎在发烧。

我走出已经没有门的房间，不准备回头。可是一种莫名的恻隐竟然生硬地扭转了我的脚步，我又返回来，并为这个年老的乞丐递上了一碗水。他大口大口地咽下，仿佛吞下的并不是冷水而是一种救命良药。我问他感觉怎样，他说似乎好受些了。这时他用剩在碗里的水湿了湿额头，顺着他的手指我看到留在他额头上的一道伤疤。我感觉自己的身体都在发抖。"您，我认得您。您是——亚历山大。"

"我怎么会是亚历山大。他早就死啦，死在战乱或者瘟疫里。谁知道呢。"

我仔细地端详着他的脸，从他的苍老中慢慢地认出了他年轻时的模样。"我认识您，我认识您额头上的那道疤，记得在亚里士多德书房，您曾向我解释过，你额头上这道奇怪的、十字花纹的伤疤是如何来的。我当时是亚里士多德老人家的书童，您曾喝下了我倒给您的三杯牛奶。"

他不再否认。"是。我是痛苦的亚历山大，我是悔恨和罪恶的亚历山大。不过，我不明白的是，你是如何来到这边的世界的？你能告诉我，在我离开之后那边都发生了什么吗？"

"这边的世界？那边?!"我惊讶地问道，几乎又要颤抖起来了。

以下，是亚历山大对我说的。

来到"这边"的世界是他的一个长期的谋划，早在他开始向东方征伐之前就已开始，事实上，他带着自己的军队如此消耗地不断向东方冒险，就是希望能寻找到进入"这边"的通道。在马其顿国王的位置上待得越久，他的想法就越强烈：他觉得"那边"的人自私、愚蠢、野蛮、贪婪，时时露出荒淫的本性，尤其是他身边的将领和大臣们，尤其是那些他不得不妥协和周旋的国王……征服和由此带来的荣耀是他亚历山大的庞大欲望，但并非本质，他亚历山大最最希望的是建立一个正义、智慧、英勇、富足的理想国。在"那边"，即使他拥有看上去无限的权力也根本不能完成，而腓力二世的旧部、阿明塔斯和埃罗普斯有实力的亲眷们也虎视眈眈，总想找他的差错借机复仇，亚历山大与他们的明争暗斗一刻也未能停止，这让他更觉得疲乏。为他献上羊皮卷的智者们言之凿凿，而曾给予他巨大支持、为他治疗过疟疾的亚里士多德却始终不肯相信，他甚至威胁，如果亚历山大非要一意孤行将自己和马其顿王国带入虚妄，他就将与阿明塔斯在雅典的势力结盟，泄露他的这一充满着危险和荒谬的计划。

　　亚历山大只得绕过自己的老师，继续他隐秘的寻找。有两位智者先后告诉他，据传言，一条通往另一个世界的路已经找到，它在东方——为了马其顿的荣耀，更为了他亚历山大"到达那边"建立一个完全符合他的愿望的国度的幻想，亚历山大大帝开始他遥远的征服。之后的那些事我应当知道，就像是在羊皮卷中记下的那样，它没有提到的是亚历山大的秘密心愿。之所以在海达斯佩斯河畔的战斗中，他杀死了波拉斯国王的两个儿子和一个孙子却那么仁慈地释放了波拉斯，是因为他们两个达成了秘密协议，波拉斯国王答应他将倾全国之力为亚历山大大帝寻找通向另一世界的大门。亚历山大说，之后的那些事我也应当知道，在返回马其顿的路程中波澜重重，厌倦了征伐更厌倦了亚历山大的将士们发动大大小小的叛乱，虽然他用种种手段一一化解，然而这也加重了他的厌恶，使他寻找"另一世界入口"的愿望又加重了几分。恰在这时，某位智者得到消息，去往"那边"的通道在亚历山大里亚附近出现，消息应是准确的，即使不够准确亚历山大也决心一试。于是，经过一系列严密而紧张的秘密筹备，亚历山大出征（在他谈到这里的时候我想插话，试图告诉亚历山大离开后所发生的一系列变故，话到嘴边又忍住了）。表面上，他是前往巴比伦，但在行进到比提尼亚的时候亚历山大带着他的三千骑兵，以及三位智者、二十名教师、三百名各类工匠，悄悄离开队伍前往亚历山大里亚。没费太多的力气，他们就找到了我所经过的山洞。

亚历山大告诉我，智者对"这边"的描述大体不差，这里的人有着婴儿一般的纯真和稚气，他们居住在洞穴里，没有文字也没有建造，但寿命倒比那边的人长很多。亚历山大开始实施他的计划，他要在这边的土地上，在这群状如婴儿的人之中建立他的理想国。

工匠们建造城堡，城市和房屋，建造市场和高大的神庙，教师们教授哲学、音乐和体育和礼仪，而将领们负责监督和选拔战士……很快，他们就懂得了敬畏，必要而庄重的礼仪，以及勇敢和牺牲。然后，亚历山大命令他所信任的智者为他遴选卫国者、兵士和普通人，将他们区分出来……是的，亚历山大的这套体系是从柏拉图那里得来的，而不是来自亚里士多德，他知道，亚里士多德对柏拉图的《国家篇》评价不高，却并不曾给出理由。在亚历山大建立的属于这边的理想国中，酒的酿造获得了特殊的允许，同样被允许的还有戏剧的上演——这是柏拉图所反对的，而倾心于《伊利亚特》的亚历山大则修改了它。他向这边的公民们宣布，国家的统治者只能从卫国者中精心选取，他，亚历山大，宙斯的儿子，是神灵选中的哲人王。

最初的几年异常顺利，那些质朴的新公民满是热情，他们怀着极大的欣喜离开各自的洞穴住进工匠们盖起的房子，亚历山大下令士兵们将洞穴毁掉，以免他们再有怀念。他们也怀着巨大的欣喜领取了各自的身份，无论这身份是卫国者、兵士还是普通人……亚历山大令他们平等，无论是男人还是女人，年老还是年幼。亚历山大令他们知道，财富和贫穷都是有害的，多余和不足都是有害的，任何的私有都是有害的，他们应学会群体内的共享和因此的幸福。善是幸福，是灵魂的一种活动，这是亚里士多德的话，他令所有的公民都能记住。亚历山大令他们按照计划种植、锻造，然后再按照律令进行分配……看得出，他们是欣喜的。他们奉他为最伟大的王。

然而时间一久……从希腊和波斯王国中带来的旧习

性就开始起作用，我甚至不知道它们的苗头是在什么时候冒出来的……被降级的卫国者在普通人中散布不满，而被训练的士兵们则越来越迷恋屠杀，有的人不顾禁令的责罚开始偷藏战利品，我只得将他们处死并将其尸体挂在城墙上，可这并不能有效地阻止反而使偷藏战利品的情况愈演愈烈。普通人也开始将自己的种植作物悄悄藏匿起来，甚至贿赂卫国者以期审判的判词对自己有利。连续几年的饥荒，亚历山大认为是普通人的藏匿所造成于是下令士兵们搜查，而忍受着饥饿的士兵们则通过恐吓、残酷的惩罚让自己能有所得。总之，事情变得一团糟。这时，亚历山大从希腊带来的三智者之一塞留克斯竟然瞒着我向世人宣布，卫国者阿格琉是我合法的继承者，是新一代的哲人王。在随后的战斗中我杀死了塞留克斯，或许是手段过于残酷的缘故，另外的两位智者也开始反对我，卫国者和战士们乱作一团。

亚历山大只好逃亡。当我在这座废弃村庄里找见他的时候，他已经用了五年的时间东躲西藏，以躲避阿格琉和别的什么反叛者的追杀。他发现，几乎所有人都对亚历山大恨之入骨，无论是见过他的人还是在他失去王位之后出生的孩子。亚历山大说，他没想过自己会如此失败，失败直接挫碎了他的骨头。"你真是从那边过来的？那你能不能告诉我，在那边的这些年，又发生了什么?"他的眼里突然闪过一种烁亮的光，"我一直在找寻回去的路。我以为，我在毁掉洞穴的时候把通道也给毁了。"

我告诉他，我是来自那边，我曾是亚里士多德的书童，而我的姑姑则是罗克珊娜王妃的侍女，我父亲，是一名跟随过亚历山大的波斯战士。您，尊敬的、伟大的、荣耀的亚历山大大帝，在征讨巴比伦的途中染上了疾病，发起高烧，有人问您，您所指定的继承人是谁而您的回答是，"最强壮的那个"。这句意义含混的话最终导致连年的战争，托勒密、塞琉古和安提珂在战争中慢慢胜出瓜分了亚历山大大帝的王国，而您的母亲、妻儿和我的父亲，则在历经的战争中先后丧生，我和我的姑姑不得不一次次逃亡，我们在外漂泊的时间一点儿也不比您在这边的时间少。

"是这样，"他点点头，脸又开始发烫，"我，本来还想……我最后的希望，还是被摧毁啦。"

第三十八个飞翔故事

2020 年 4 月 25 日，久未联系的诗人雷平阳在微信中给我发来一个链接，来自老历史茶馆，"当年河北农民黄延秋，为何多次瞬间出现在千里之外，怎么解释？"随后，老兄告诉我说："飞行序列有新题材了。"

我将链接打开。前面先是说，"瞬间移动，一个存在于科幻片里面的概念技能"，然后对"瞬间移动"作解释，使用的是爱因斯坦的"相对论"："物体的引力或者能量较大，从而使空间扭曲……"这样的文字我不感兴趣，我希望尽快地进入到故事中。于是，我下拉鼠标。

"1977 年 7 月 27 日，正在筹备婚礼的黄延秋在家中突然消失——"

事情是这样的：那天，黄延秋家里挤满了前来贺喜的宾客，按照风俗，黄家要摆上酒席，包好饺子，而准备迎新接新的亲戚和前来帮忙的朋友都会坐下来喝上一杯喜酒，并将明日的婚礼安排再落实一下……黄延秋的脸上喜气洋洋，接受着亲戚、朋友和邻居的祝福，他跟在父亲的后面向大家鞠躬，没有一点儿异样。是的他没有任何的异样，婚礼是早早定下来的，而他自始至终没有过半点不满意的表示。明天早上，那个叫王礼香的女人就将被村上的马车接来，成为他的妻子，老婆，女人。

"来，新郎官，陪叔叔喝一杯。"一位客人向他喊道。

"叔，我不会喝。"黄延秋涨红了脸，他向那位客人摆手拒绝，"我从来没喝过酒。"——他说的是实话，在那天之前他真的从未喝过酒。"怎么，连叔的话都不听？看你小子，胆子也太大了吧。"那位被称为"叔"的人立即拉下了脸，他肯定觉得自己特别没面子。"让你喝你就喝吧。"黄延秋的父亲拉拉他的衣襟，赔着笑脸，"喝，孩子喝。"

"就是，新郎官嘛，要有个男人样。不会喝酒怎么当男人。"

黄延秋只得端起酒来。文章中说，他盯着酒，那么郑重，仿佛他要喝下的不是酒，而是别的特别的什么。"快点，新郎官！"桌上的其他人也跟着起哄，"快点啊新郎官，快喝！"

黄延秋将酒喝了下去。他笑着，把酒杯放在桌上。一个黄家的亲戚正准备往酒杯里倒酒，这时奇异的事发生了：刚刚还在一旁的黄延秋突然消失，有人看见他空出的位置上一缕白光，就像纸灰上的烟。不过酒杯还在，酒杯里残存的酒还在。

——真是一件奇事。我想。不过文章标题说黄延秋是河北农民，可在内文中，他变成了东北高村的村民……到底他是东北人还是河北人？是在东北的"高村"还是河北某地一个叫"东北高"的村庄？我决定继续下拉，无论这个故事是真实的还是虚构的。

然而，就在我的手放在鼠标上的时候，电脑上的文字突然慢慢变淡，消失，自上而下——就在我愣住的那个瞬间，整版的文字都消失得无影无踪……我感觉，有一缕淡淡的白光，从消失的字迹中飞跃起来，就像是纸灰上散去的烟。

第三十九个飞翔故事

石猴子孙悟空顽劣成性，把玉帝精心安排的蟠桃宴扰得鸡犬不宁，更为可恨的是，他严重破坏了玉帝特别在意的秩序感，于是，大为恼怒的玉帝派天兵天将前去花果山捉拿石猴。其中的故事，《西游记》第六回已经讲述得非常清楚，不再赘述。

话说六路天神来至花果山，各显神威，自是那些平日里只习惯上下蹿跳的猴子们难以抵挡的。经过一日一夜的鏖战，刚刚从天宫松子酒的宿醉中醒来、恼怒异常的石猴子孙悟空冲向天神——《西游记》第六回中已有讲述，在这里也不再赘述。我要说的是，当石猴子冲至云端，二郎神杨戬的迎战。

书上说，他们大战了三百回合，在这三百回合中间他们使用着力量、速度、恐吓、虚假的示弱以及各种各样的策略，然而谁也没有真正地占到上风。占到上风的天兵天将们，在石猴子面前开始津津有味的屠杀，将剁下了头的鸡丢在猴子们脚下，向猴脑上浇油，向被火焰烧灼着的猴子身上撒下盐巴和孜然……拥有第三只眼的杨戬看得更为清楚，他一边和石猴子孙悟空交战一边描述，并将山前的瀑布当作银幕，最终，乱了石猴子的心神。"你们实在卑鄙！"气喘吁吁的石猴子满脸恼怒，可他毫无办法。

书上说，石猴子孙悟空摇身一变，试图变作麻雀飞走，好不容易寻得机会的二郎神杨戬岂肯放过？说时迟那时快，杨戬已经变成了更快、更迅捷的白隼，有着更为锥心的利爪——就在这只白隼即将把麻雀抓住的瞬间，石猴子再次变化，他跳进深潭成了一条鱼。他将自己混在鱼群里。

白隼在空中盘旋。它用它依然具备的第三只眼观看，终于，在一千零一条青色的小鱼中找出了不同。于是，它在抖掉两根羽毛之后，便伸出了属于鱼鹰的喙。石猴子孙悟空只得再次下潜，他潜入到水草中，将自己化成水蛇的样貌，和水草一起在水流中来回摆荡。"呵呵"，鱼鹰发出两声属于天神的冷笑，再次腾空，水面上已经没有了它的倒影——石猴子孙悟空，或者说那条水蛇，忽然发现水草中不知何时伸出了一条灰鹤的脚，而灰鹤的长喙已经猛地迎头击来："不好！"石猴子发出尖叫，他蹿出水面，朝着半空中再次飞起……书上说，石猴子孙悟空变成了一只灰色的水鸟，老鸨。

接下来书上说的就不对了。二郎神杨戬没再变化是不假，他显现了原形是不假，但不同的是他放弃了战争的一般契约召唤了帮手：一声呼啸，早在一侧的云朵里埋伏的哮天犬突然窜出，朝着并不那么善飞的老鸨扑过去。

"你无赖！"石猴子一边冲着二郎神杨戬嘶喊一边狼狈逃窜，哮天犬的追逐让他根本来不及再做变化。"你不讲道理！"石猴子一边冲着二郎神杨戬嘶喊一边狼狈逃窜，杨戬笑嘻嘻地看着他，手里的兵刃闪着烁亮的光。"要不然我们重新再打，不许别人相帮！"

"你觉得还用我再打吗？"杨戬竖起他的三尖两刃刀，截在石猴子前面，"和你这种不顾天规的猴子讲什么道义？你也配！像你，不管用怎样的手段来对付都是正确的，我是不会有半分的愧疚感的！何况，"杨戬朝着脚下的云朵吐了口唾沫，"怎么记录这件事儿，不会由猴子来完成。没什么好说的。"

石猴子再无路可逃。也是他急中生智，念动师父菩提祖师教他的最后的咒语：只见那，山峰暴烈，云朵闪避，飓风骤起，天空中突然出现了一条硕大无比的鱼。"你来咬吧，你来刺吧！"站在这条鱼的背上，二郎神杨戬用尽全部的力气向鱼的背部猛刺，可是竟然也没翘掉半片鱼鳞。

这条硕大到像山一样的鱼，游弋在空中，朝着东海的方向缓缓飞去。

"你这无赖！"二郎神杨戬狠狠地骂道。"你不讲规则！"二郎神杨戬狠狠地骂道。负责军事指挥的托塔天王和天兵天将们都闪到一旁，慵懒地摇着头，一副爱莫能助的样子。

……这个飞翔的故事到这里也许可以结束，但有一个相关的事件似乎也应当记下来，作为附记。当这条鱼从空中飞过的时候，一个总爱胡思乱想的书生刚从午睡中醒来，他走出房门，忽然看到外面的天空骤然变暗，仿佛一下子就进入到黑夜。他抬头，正好看到那条石猴子变成的鱼，从屋顶的上空飞过。

"鹏！"他大叫起来，"不，是鲲！"他用更大的叫声更正自己，"原来我一觉把自己睡到水底下来啦！真是吓死人啊！"

自那日起，这个总爱胡思乱想的书生就坚定地认为自己生活在水底。每隔一两个时辰，他就会将自己的衣服解开，检查自己是否已经长出了鱼鳞。

第四十个飞翔故事

她没有父亲，她的父亲早早地在战争中死去了，是不是表现得英勇似乎也没人提及。在她四岁那年，刚刚成为部族之王的炎见她可怜，便收养了她，把她认作女儿。她也没有母亲，在她四岁那年她的母亲殒命于狼群，这个年幼的孩子，竟然提着一根折断的树枝追打一只受伤的老狼，要不是炎的队伍及时赶到，这个女孩很可能会被狼群轻易地撕碎。"打死它！打死它！"当她满身血污、气息奄奄地被炎帝从地上抱起的时候手还在努力地伸着，眼睛里满是愤怒。

她成了炎的女儿，住进王庭，同时获得了一个新名字，精卫。

我要说的是多年以后的事。一天早晨，精卫从一个令人不安的睡梦中醒来，两个女仆早已候在门口，服侍她洗脸，梳头，穿衣，端走她用过的便盆，并把穿着两颗狼牙的项链为她戴好。"告诉小厨，我今天不想吃粟糕，也不想吃鹿肉，要他们给我炒一盘鹅心吧。我还要一碗不热的鱼羹汤，告诉他们快些。""可是……"女仆看了看精卫的脸色，只得把后面的话低声说出来，"可是您昨晚说要粟糕来着，两名厨师已经忙了半宿。""我现在不想啦，又怎么样？"精卫怒气冲冲地甩掉刚穿了一半的靴子，"我说过了不要这双，我要穿那一双，你们的耳朵都长着管什么用？"精卫拉长了女仆的耳朵，"快点给我拿来！""可您昨天说……"女仆用更小的声音嘟囔着，她不得不咽下了后半句。

　　用过餐后，兴致勃勃的精卫决定去海边，当然这是她的临时决定，在喝着鱼羹汤的时候她记起梦里的情景，那里有巨浪和波涛，它们翻滚着向她压下来，雪白的浪花骤然地变成了狼牙。"我倒要看看，海浪里面是不是真的藏着可恨的狼！"一脸委屈的女仆试图阻拦，她询问精卫，是不是要向炎帝汇报一声？毕竟，到海边要走三天的路程，而且炎帝曾反复嘱咐过她们一定要看护好精卫，别让她磕着碰着别让她进深山进沙漠进大海……"不用！"

精卫摆摆手，"父亲忙得很，再说你们见他什么时候管过我？"那，要不要向王后汇报一下，和她打个招呼，毕竟……"够啦！"精卫拉下脸来，"才不用呢！那几个儿子已够她心烦啦！我又不是笼子里的鸟！你们谁也不用告诉，只要告诉我的车伕，告诉我的厨师和卫兵们就得啦！我们现在上路，马上！"

精卫的脾气不好，想想吧，从那么小就经历那么多的变故……没有谁敢忤逆她，她要是发起火来——女仆们飞快地收拾了行装，马伕们迅速地备好了马，卫兵们则以最最快的速度整理了铠甲擦拭了长矛，而汗流浃背的厨师们则慢了许多，尽管他们并不敢有丝毫的偷懒，可是，那么多的粟米、蔬菜，那么多的鹿肉、鱼肉、牛肉、狼肉、虎肉、羚羊肉，那么多的锅碗瓢盆以及柴草、火炉、食盐……在一阵叮叮当当的忙乱之后，他们出发了。

经过三日的旅程他们来到了海上。海风吹拂，海浪汹涌，白色的海鸥在海面上翻涌，它们如同被打成了碎片的布。"走，我们靠近些！"两个女仆出来阻拦："小公主啊，可不能啊，你看这么大的风，这么大的浪……"

"让开！"精卫脱下靴子，径直朝海边走去，海风忽然变小，而海浪也安静了许多。精卫踩在沙子上。翻滚的乌云在她的头上聚集。精卫朝着一大团远处的海浪跑过去。"小公主，别，不要！"女仆在岸边呼喊。"不用你们管！"

奇怪的是，不安的海浪再次变小变得平静，只有海鸥和海燕的叫声尖锐，它们跳着奇怪的舞蹈。"小公主，不要再往里面走啦！太危险啦！"侍卫长冲着精卫的背景大喊。"不用你们管！"

海浪又一次退后，远处，它们汹涌翻滚，几乎要和压低的乌云粘在一起了。海鸥、海燕像离弦的箭，插入到云层然后急速地坠落，即使离得那么远，女仆和侍卫们也能听得见这些水鸟骨头碎裂的声音。"求求你啦，小公主，千万不要向里面再走啦！海龙王已经退了三次，他绝不可能再退啦！"

"我偏要他退，我偏要他再退！看他能把我怎样！他一定知道，我是炎帝最娇惯最纵容的女儿！哼，在梦里，我看到竟然在海浪的里面藏着狼牙！你们说，他是不是觉得我软弱可欺？难道，他不知道我最最痛恨的就是狼吗？"

精卫昂着头，一步一步，朝着迎面的巨浪走过去。

……得到消息的炎帝急忙赶往海边。他见到的是女儿精卫的靴子、飘浮在水面上的尸体，以及冲至沙滩上的狼牙项链。傍晚时分，炎帝命人向龙王献祭，朝着波涛之中丢下三只羊和两张豹皮，然后在海边点燃篝火。深夜，内疚而又悲痛不已的炎帝沉沉睡去，没多久便被一阵凉风吹醒，他发现营帐里多了一个赤发赤须的人，那个人自称是龙王，此处的海神。他的脚跟处一直滴着水。

他告诉炎帝，他可以归还炎帝这个女儿，之所以精卫的尸体一直不腐不坏，完全是因为他的护佑。只不过……"不过什么？"炎帝焦急地询问。他向龙王致歉，因为自己平日里实在繁忙，很少关心和关注这个孩子，因此她有些娇惯任性，不合群，他是知道的。无论她做了什么做错了多少，他这个名义上的父亲都应当有更多的承担。"如果是贡奉和祭献，您尽管开口……"

龙王摇摇头。不，不是，不是这个意思。当海水淹没了她的时候我为了保护她就赶在死神到来之前取了她的魂魄，将她的魂魄留在了水中……你不知道，这些天，她都是怎么闹的，我怕把她还给你之后她依然不依不饶，那样我的龙宫就会永无宁日。"那，您放心，我来劝她，我告诉她不许与您为敌。""好吧，"龙王点头，"你如果能劝得住她，我会在明天把她完整地还给你。如果你劝不住，我只能……"龙王没有再说下去，而是朝着炎帝挥了挥手。

"父亲！"红着眼珠的精卫出现在炎帝面前，"父亲，马上去调您的兵马，这个龙王实在是欺人！我们必须给他点颜色看看！"

"孩子，你不能这样……"

"父亲，难道连你也不肯帮我吗？就任凭他这样欺侮你的女儿？"

"孩子，不是，你先听我说……"

"父亲！如果你不肯帮我，我为什么要听？难道，你宁可相信他也不肯体谅我？我知道，我不是你的亲生女儿……"

炎帝和精卫不断地争执，越争执，炎帝就越感到愧疚。"孩子啊，这些年，我收养了你却没把你带在身边，没能好好地教你，我……""父亲，我感激你，一直都是。如果你真的想多为我做点什么的话，那就发兵，我一定要报仇，要掀掉他的龙鳞！你知道，这些天他都是怎么对我的，把我关在了什么地方！"

"孩子，你知道他这样做其实是为了保护你吗？"

"我不需要这样的保护！"精卫的眼睛变得赤红，"我不会放过他的，我不会放过水里面的任何一种活着的生物！只要我活着，有一口气，我就不会放弃复仇，哪怕，哪怕……"精卫忽然扭过头去，"哪怕我重新成为孤儿！"

"你都看见了吧，"赤发赤须的那个人重新出现在营帐里，"我想，我们都没有办法让她改变秉性，她的固执远比石头更为坚硬。"

第二日早晨，部族之王炎从含着悠长悲伤的睡梦中醒来，他发现，营帐的烛台上多了一颗亮晶晶的、樱桃大小的珠子。它有些软，拿在手上的时候不得不小心翼翼。炎叫来侍卫，把他带到存放精卫尸体的营帐中。精卫的脸上依然是那副怒容，只是比平日里苍白得多。炎帝按照昨夜梦见的那样，掰开精卫紧紧闭着的嘴，生硬咬着的牙，将那枚樱桃大小的珠子放进她的口中。

刚才还在的精卫不见了。从她的衣服里面，钻出一只鲜血一样颜色的鸟。它一从里面钻出来，就尖叫着从营帐的门帘处急速地飞了出去……

第四十一个飞翔故事

穿着铜制盔甲的柏勒洛丰骑着血红的天马，兴致勃勃地飞上天空，朝着小亚细亚的方向飞去。他的怀里揣着一封"死亡信函"，是阿果城的国王普罗拖斯写给吕基亚国王的——普罗拖斯把信交给柏勒洛丰的时候就已明确而郑重地告诉过他，这是一封重要的"死亡信函"："吕基亚将它打开的时候就意味着一个人要死了。朋友，让我看一眼都不忍心的朋友，这一次，我必须麻烦你，因为无论是谁的马都不如你的飞马更快，你的珀伽索斯实在是人世间最最珍贵的奇物。也许某一天，万神之王宙斯也忍不住妒忌要将它夺走的。"

珀伽索斯就是柏勒洛丰的天马，它是由戈耳工女妖美杜莎脖颈处涌出的血而化成的。普罗拖斯国王说这些的时候珀伽索斯已经展开双翼，飞到了英雄柏勒洛丰面前。"你说的，并非没有可能。我相信我的珀伽索斯能赢得万神之王的喜爱，谁知道呢。就像现在，我并不知道你的死亡信函里写下的是什么，但我向你承诺一定会把它送到。也许，我们的分手会是永别，你就不能再送我一杯酒吗，尊敬的普罗拖斯国王？"

穿着铜制盔甲的柏勒洛丰骑着血红的天马，兴致勃勃地飞上天空，朝着小亚细亚的方向——尽管天马珀伽索斯在空中飞得极快也从不知疲倦，到达吕基亚王国的时候还是用了三天三夜。"三天三夜？"吕基亚国王几乎不敢相信，"上一次，我去阿果城，出发的时候石榴刚刚开花，而到达的时候阿果城的城堡里已有半尺厚的积雪。你竟然只用了三天三夜……"

"尊敬的吕基亚国王，我这次来是为尊敬的普罗拖斯国王充当信使，他说有一封死亡之书要我亲自交到您的手上——"

"先不用管它！"吕基亚国王转身向身侧的侍从吩咐，让他们摆上酒宴，按接待国王的规格接待柏勒洛丰，"你是普罗拖斯国王的信使，我当然不能慢待。要不然，普罗拖斯国王会以为我们小亚细亚根本不懂礼节，这样的话我可不能让他有机会说出来。"

第二日，信使柏勒洛丰再次求见吕基亚国王，迎接他的依然是热情的、奢华的宴席。"先不用管它。你从如此遥远的地方来到我的国度，我绝不可能不顾礼节的。你安心地饮酒吧，我们的杜松子酒还是很好喝的……"

第三日、第四日，信使柏勒洛丰接连求见吕基亚国王，他表情郑重，向吕基亚国王陈述他带来的可不是一般的信函而是极为重要的死亡之书，看看信封上粘着的三根鹅毛就知道了，然而吕基亚国王还是不急不忙。"年轻却尊贵的客人，你不用着急，世界上没有什么事情会真的迫不及待，即使是一场战争，我可是见得太多啦。在我的小亚细亚，南部，有一种野牛的肉你肯定没有尝过，他们今天刚刚为你送来。而在东北部，山谷下面的河流里有一种叫声像婴儿啼哭的鱼，我想你也没有吃到过，我已经派人去抓了，大约三两天就会送到。信，你先放在身上，等我把我们的礼仪表达清楚，让你品尝到我的领地上所有的珍馐，我自然是会向你索要的。"

……吕基亚国王好像胸有成竹，并不着急，直到第九日的晚宴之后他才想起柏勒洛丰带来的信。"是时候了。我来看看，尊敬的普罗拖斯国王到底说了些什么。"他打开信，飞快地读完。"是的，一个人要死了。"吕基亚国王的目光转向柏勒洛丰："年轻的、可爱的信使，一路上，你就没想想……普罗拖斯国王究竟写了些什么？"

"没想，"柏勒洛丰恭恭敬敬地回答道，"我愿意听从国王的一切安排。"

"好吧，"吕基亚国王沉吟良久，"是有一个人……不，也许是一个怪物要死了。他派你过来，是想请你帮我的忙，他说你一定能行。"

"好吧，请您吩咐。我愿意听从国王的一切安排。"

"你知道，我们的北部，在一片雪山之间住着一只能够喷火的怪物，它叫奇麦拉，也许你在艾菲尔城和雅典都听到过它的大名。没错，它有狮子的头和蛇的尾巴，以及羊的身子，'庞大迅捷强壮的可怕东西，吞吐着燃烧不尽的火焰，靠近它的人都必死无疑，至少有三百勇士的冤魂在它身侧化成了灰烬……'从我还是孩子的时候就不断地有勇士前去冒险，现在我都老到这个样子了他们还没回来。年轻的、可爱的信使，虽然你看上去很是强壮但我也还是不放心让你去冒这个险。你如果拒绝的话……"

"没问题。我明天就去。"

傍晚时分，残阳如血，吕基亚国王盯着城墙上的余晖看了好大一会儿，然后摇摇头。"看来，他是回不来了。"

"你说谁回不来了，尊敬的国王？"吕基亚国王回头，看见柏勒洛丰骑着他的双翼天马，正缓缓地从黄昏的霞光中降落。他的手上，提着一个硕大的狮子的头。

"这，这……这么说，你杀死了它？"吕基亚国王揉揉自己的左眼，然后又更使劲地揉揉自己的右眼，"真不敢相信。"

第三天。吕基亚国王又将穿着铜制盔甲的柏勒洛丰迎进王宫。"你想不想知道，普罗拖斯国王信中的内容？"吕基亚国王扬了扬手。柏勒洛丰摇头："不，不想知道。我只要知道，接下来我要做什么就是了。请尊敬的国王下达命令吧。"

"他说……是我，不……你应当听说过强大的苏力米人吧，他们是提坦神的后裔，是些身形巨大的怪物。他们已经为害多年，我的军队根本不是对手……"

"好的。我去。"

"你是不是听说过阿玛宗人……"

"好的。我去。"

……在战胜了阿玛宗人之后，吕基亚国王在王宫里宴请归来的英雄柏勒洛丰，这本来是一件极为轻松、愉快而欢乐的庆功之宴，可是吕基亚国王却显得闷闷不乐。"尊敬的吕基亚国王，你有什么心事吗？也许，我可以帮助你来完成，你看，我已经为你完成了这么多，再难的事我也会……"

"可这件事，真的是太难了。我都不知道该怎么谈起。"吕基亚国王依旧愁眉不展。"您说。"柏勒洛丰涨红着脸，死死地盯着吕基亚国王。

"你真的，真的不想知道普罗拖斯国王在信里都写下了什么吗？是的，它是死亡之书，他要我杀死的人是你，是你柏勒洛丰，年轻可爱的信使。难道你自己真的没有一点儿预感？"

"有，当然有，"柏勒洛丰说，"尊敬的吕基亚国王，你之所以不肯直接杀死我，是因为惧怕宙斯，他最最讨厌违反主客之道将客人杀掉的人；而你也不愿意不顾及普罗拖斯国王的请求，于是，你就让我去……"

"那，你为什么不拒绝不反抗呢？是因为有愧？这么说，你真的是对安忒娅王妃做了什么……"

"不，没有，"柏勒洛丰摇摇头，"我对安忒娅王妃没做过任何事，我的愧疚来自别处。我不知道普罗拖斯国王的信中是否提到，我们是怎样熟悉起来的，我最初找他是想请国王为我洗涤罪责，因为我……杀死了自己的亲哥哥。那当然是意外，否则我也不会有这么深的愧疚感了，可是冥王却不肯给我留下半分悔过的机会，我只能眼看着

200

过失发生，看着他落魄的灵魂在黑暗的旷野中游荡。不止一次，我在出门的时候、洗澡的时候或者追赶某个猎物的时候，会突然看见我的哥哥，他浑身青紫，神情忧伤，要么在用芦草团堵着咽喉上的洞，要么试图用芦苇蘸水擦洗脖子上凝结的血痂。我之所以答应送这封死亡信函，之所以一次次答应你的危险要求，是因为，我也想从无边无际的愧疚和痛苦中解脱出来。所以每次出征，我都显得兴致勃勃——我是真的兴致勃勃，可我就是输不掉自己。"

"看来，你还要在这样的愧疚和痛苦里生活一段时间了。你的命运让我无能为力，"吕基亚国王说，"也许，你要和你的命运妥协，居住于奥林匹斯山的诸神也许能有办法。"

"哦，谢谢您的提醒。"已经微醺的柏勒洛丰朝着殿外打了声呼哨，血液一般鲜红的双翼天马珀伽索斯，刚从空中降落下来，就嘶鸣着急速地飞了出去……

第四十二个飞翔故事

　　坐在电脑前，新闻学博士邱长重浏览起新闻网页上的种种资讯：发生在叙利亚的局部战争，各国的博弈和背后的暗潮，美国亚特兰大的枪击案，俄罗斯总统选举，长三角一体化发展的进展和山东卫生系统人事任免，脱口秀演员吸毒，快递小哥的路边午餐……他有意将浏览页的国际、国内、军事、财经、股票、体育、娱乐、汽车、房产、旅游、游戏一一点开，然后浏览着。时间在一分一秒地过去。邱长重发现，自己从坐下来到此刻，花在网页资讯上的时间已经有两个小时零四十二分。而它依然那么浩瀚，仿佛无穷无尽。随后，他在百度中输入"世界无烟日"，然后搜索，词条中除了提供世界无烟日的相关信息之外还关联性地提供了世界地球日、世界气象日、世界卫生日、世界粮食日、世界环境日以及"节日"、"纪念日"的诸多资讯。他随意地点开，它们又有多重的层次……

邱长重突然想起，他的一名同学在论文中提到一个有意思的"说法"，当然这个说法是引用而来的，大约还是世界新闻史或文学史上的名人名言。原文已经记不清了，其大意是：我们"自我"的分量，取决于这个行星上人口的数量。当这个星球上人类有四亿人时，你的分量是四亿分之一；当这个星球上人类有四十亿时，你的分量就只占到四十亿分之一了。人口越多，"自我"的分量会越轻。他之所以记住这个说法是因为论文答辩的时候有位老师专门提出了这句话，认为它是"滑稽的小聪明"，是一种很不正确的新闻观，而另一位同样是外聘的老师则认为这句话说得实在是妙，它是极富启示性的，而单单对于新闻从业来说也是合适的，因为它其实在强调"重量"……两位老师唇枪舌剑，面红耳赤，互不相让，一干等候答辩的学生则面面相觑，不知道后面会发生什么。后面的事情当然也是戏剧性的，因为时间都被导师们大大占用，后面的提问就变得简单：好，行啦，可以啦，过。过。

那个戏剧性画面深印在邱长重的脑海里，就是现在想起来还是让他忍俊不禁。于是，他决定搜索一下那句话的原话和出处。然而，百度并没有给出他所要的答案。知网，他输入同学的名字。新媒体背景下的……确切的论文题目他想了又想，但只能记起有"新媒体背景"这个词，当时，出现在题目中最多的就是这个"新媒体背景下"——它的频频出现大约引发了老师们的厌恶感，有人总结，有这个词出现的论文后来评分都比较低——那名同学一定用了这样的一个题目，但后面是什么就记不清了。

然而令他失望的是，他竟然没能搜到那篇论文。他又输入那段话，重新搜索——有词条显示，这句话出自一个叫贡布罗维奇的作家，他似乎没有从事新闻的经验。邱长重又在搜索框中键入"贡布罗维奇"……这时，邱长重突然有了一个更为"滑稽而古怪"的新念头，他想把自己的这个念头好好地记在文档里：他认为，我们的"自我"分量其实并不取决于这个行星上人口数量的多寡，而是取决于"信息"、"资讯"的多寡，越来越多的碎片化信息、有效和无效的种种知识和各类资讯将我们的时间填满，我们在它的上面花的时间越多，获得的各类间接知识越多，所谓的"自我"就会变得越来越轻，我们也就越来越没有自我的内心生活甚至自我认知……"在这场朝着轻而奔跑的比赛中，我们已经越过了一个致命的界限"——邱长重在文档中输入这段话，他犹豫了一下然后为它加上了引号。

它应当属于引文，如果邱博士的记忆无误的话，它应是在同学的那篇关于新媒体背景的论文中出现过。

越过了致命的界限。邱长重沉吟了一下，他觉得意犹未尽，于是又添上了一句：当这个界限被突破，我们的"自我"将会轻过空气，变得毫无重量。

——不知道是不是一种幻觉，他真的感觉自己已经飘了起来，他的手已经够不到键盘、桌子，而电脑的显示屏也缓缓变低……没有了"自我"重量的邱长重正在飞翔。